メディアワークス文庫

あの日見た流星、君と死ぬための願い

青海野 灰

目　次

[prologue]　As dreamers do

❄
❄

十二月十四日。

冬の風は昨日と変わらない冷たさで、僕らを撫《な》でて通り過ぎていく。けれど今は、その冷たさの中に、どこか優しいものを感じた。それはきっと、僕たちの内側にあるこころというものの変化と、繋《つな》いでいる手の温かさによるものだろう。

真夜中の公園にひとけはなく、時折風が木々を揺らす音が混じる程度のしんとした静寂に包まれていて、けれどそのずっと向こうに耳をすませば、車が走る音や踏切《ふみきり》の警報音なんかが微《かす》かに聞こえ、この世界に確かに人々の営みが存在するのだと教えてくれていた。

今でも不思議に思う。ここでこうして芝生に寝転んで夜空を見上げている僕たち二人以外の、世界中の全ての人間が、昨日と同じ行動をし、昨日と同じ感情で、昨日と同じことを考え、昨日と同じ呼吸をして、昨日と同じ夢を見て、昨日と寸分違わぬ「今日」を、今も繰り返しているのだろう。

それは動物や、昆虫や、細菌やウイルス、草花や、風などの自然現象も……もっと視野を広げれば、太陽系の星々の軌道や、そこに無数に存在する小惑星や宇宙に漂う塵《ちり》や、さらには太陽系外のまだ人類が認識もできていない天体の砂の一粒までが、繰り返す「今日」に捕らわれているのだろうか。一体どういう仕組みなのか、ただの一人のつまらない高校生に過ぎない僕には見当もつかない。

ただ一つ、分かることは――

「あっ、流れたよ」

君が小さくそう言って、僕と繋いでいない方の右手で、少しだけ嬉《うれ》しそうに夜空を指さした。

「うん、僕も見えた」

流れ星は、黒いスクリーンをチョークで引《ひ》っ搔《か》くように白い線を引いて、一瞬で消えた。朝のニュース番組で、月明かりもない今日は絶好の流星観測日和だと言っていた。

今度は二つ、連続して細い光が空を走る。少し間を空けてまた一つ。それらの放射点には、双子座アルファ星の兄カストルが輝いている。その斜め下に、弟のベータ星ポルックスが寄り添うように瞬《またた》く。

もう何度も見たはずの流れ星に、君は一つ一つ律儀に喜びの吐息を漏らして、僕の右手を強く握った。その度に僕の胸は甘く苦しく痛む。

泣いてしまわないように、右手の幸福な温度から気を逸《そ》らすように、僕は左腕を上げて手首を視界の中央に持ってくる。そこに巻いている腕時計を、公園の頼りない明かりで照らした。

黒いレザー風のバンドに、銀のベゼル、シンプルな白の文字盤に黒い数字が並んでいる。きっと高級なものではない。でも値段なんて関係なくとても大切で、毎日着けている腕時計だ。その針は今、夜の十一時五十七分を示している。僕はそっと息を吸い、小さな声に変える。

「もうすぐ、今日が終わるよ」

「……うん」

君の声が、少しトーンを落とした。

「私たち、きっと、大丈夫だよね」

何が、なんて訊《き》かなくても、君の言いたいことは痛いくらいに分かる。僕らの未来には、今でも不安と苦しさが暗く重い霧のように立ち込めている。でも、「明日」に向かうことを、僕たちは、ようやく決心したんだ。

「うん。きっと、大丈夫だ」

君が僕の右手を、強く握った。僕もそれを握り返す。同じくらいの強さで。きっと同じくらいの、強い気持ちで。

眼前に広がる夜空に、無数の光が尾を引いて流れる。まるで空一面を光で埋め尽くそうとでもしているかのようだ。

どんな原理で、どういった仕組みで、僕らが「今日」を繰り返してきたのか、僕には想像も付かない。でも、ただ一つ、分かることがある。

「今日」を乗り越え、二人で進むことを決めた、「明日」。

僕たちは、恋人ではいられなくなる。

[α]　Their secret longing

❄ ❄ ❄

十二月十四日。

今日もテレビのスピーカーが発する騒音で目覚める。

新しい、朝が来た。希望も絶望もない、無色透明で無味乾燥な、どちらかと言えば絶望寄りの朝だ。

僕は布団から緩慢に抜け出すと、居間の床に転がっているリモコンを拾い上げ、騒音の発生源を黙らせるためにその先端をテレビに向けた。

『今日はふたご座流星群の極大日』というテロップが端に添えられた画面では、アイドルグループの元メンバーだという女性アナウンサーが、今夜の星模様について興奮気味に語っている。

「「新月のため月明かりの影響がなく、お天気も晴れ予報のため、絶好の流星観測日和になるでしょう」」

戯れに口にした言葉が、テレビの中のアナウンサーの声と一言一句違わずに完璧に重なった。もちろん、プロによるハキハキとした発声と、寝起きの僕のかすれ声という大きな違いはあるけれど。

「見頃は日が変わる二十四時頃からです。みなさん今夜はぜひ空を見上げてみてください。私も願い事を沢山用意して挑みます！」

と女性アナウンサーがおどけて言った言葉に、司会のお笑い芸人の男性が「強欲ですねー！」とツッコミを入れ、周りの出演者の笑いを誘う。この光景ももう見飽きた。

リモコンの電源ボタンを押すとテレビはすぐに音と光の洪水を止めた。母親が目覚まし代わりにタイマー起動の設定にしているが、これで起こされるのはいつも僕一人だけだ。

夜の街で働く都合で朝帰りの母親は、隣の寝室でいびきをかいて眠りこけている。きっとタイマー設定のことも忘れているのだろう。いっそ設定を解除してしまいたいが、今の僕にはそれができない。

カーテンを開け、深呼吸のついでに伸びをして、眠気を体から追い出す。今日は快晴。昨日も快晴。そして絶対に、明日も快晴だ。熟練の気象予報士よりも自信を持って言える。

服を着替え、学習机の上に置いてあるいつもの腕時計を取って左手首に着けた。バッグを肩にかけ靴を履くと、僕はアパートの扉を開け外に出る。冬の風は今日も冷たくて、首に巻いたマフラーを口元まで引っ張った。

　飽きるほど繰り返し歩いた道を、昨日の再現映像のように今日も歩く。横断歩道の信号は僕の到着を待っていたかのように赤から青に変わり、立ち止まることなく歩き続ける。

　右前方から疲れた顔のサラリーマンがこちらに歩いてくる。

　小さな子供をチャイルドシートに乗せた、太った女性が息を切らして漕《こ》ぐ自転車が、後ろから僕を追い抜いていく。

　よたよたと歩く犬を連れた老人が、横断歩道の真ん中で足を止めて空を見る。

　信号待ちをしているカーキ色のミニバン。その運転席の窓が開いてタバコの灰がアスファルトに落とされる。

　その車のナンバーも、ボンネットが反射する朝日の眩《まぶ》しさも、窓から漏れるカーラジオの音楽も、僕はもう、うんざりするほど覚えてしまっている。

　バイクが一台横切っていく十字路を越えると、カラスが散らかしたゴミがゴミ捨て場から今日も溢《あふ》れていて、踏まないように迂回《うかい》して歩いた。

　そうして見えてきた図書館は、開館直後でほとんど利用者はいない。館内に入ると僕はまっすぐに目的の棚まで歩き、そこに並んでいる本から、迷うことなく一冊を抜き出す。近くの椅子を引いて腰掛けると、読みかけのページを開いて、物語の中に自分の意識を沈み込ませていく。

この図書館にはカフェが併設されていて、そこで軽食を摂《と》ることもできる。でも僕は何も食べず、開館から閉館まで、ぶっ通しで本を読み続ける。空腹は読書への没頭で紛らわすことができる。ヒトは一日くらい何も食べなくても死ぬことはない。喉が渇いたら館内の水飲み場で水分補給し、またそそくさと席に戻ってページを開く。

そのまま閉館の音楽が流れるまで居座って、読み途中のページ数をしっかり記憶してから、僕は誰もいないアパートに帰る。

帰宅後はシャワーを浴びて、歯を磨く。身体《からだ》や口内の汚れもリセットされるから意味はないのだけれど、やはりこれをしないと落ち着いて布団に入れない。

安アパートの隙間風から逃れるように頭まで布団を引き上げて、今日読んだ物語を心の中で反芻《はんすう》する。そうしているうちに、眠りは僕の意識を閉ざしていく。

十二月十四日。

今日もテレビのスピーカーが発する騒音で目覚める。

布団を抜け出て居間に行くと、テレビの中の女性アナウンサーが今日も元気な声で話していた。

「新月のため月明かりの影響がなく、お天気も晴れ予報のため、絶好の流星観測日和になるでしょう」

リモコンを拾い上げて、今日も真面目に仕事をするテレビに、僕は休みを与えた。

外出の準備をして、学習机の上に置いてある腕時計を左手首に着けると、靴を履いてアパートを出た。冬の風は今日も冷たくて、首に巻いたマフラーを口元まで引っ張る。

僕が「今日」を繰り返すのは、これで一体何回目なのだろうか。

自分が「終わらない十二月十四日」の中にいることに気付いてから、しばらくは今日が何回目なのかを数えていた。ただその数字が百を超えた頃から、数えるのをやめてしまった。

怖かったのだ。この数字がやがて千を超え、万にも届かんとして、それでもこの無限ループが終わる気配を見せないのだとしたら——。そう考えると心が壊れてしまいそうだった。街に人は溢れていても、繰り返す一日を認識しているのが自分一人だけならば、それは世界に独りぼっちでいることと変わらない。

ループは十二月十四日の二十四時に起こるようだった。以前、このループを調べるために、自分の左手首に着けたいつもの腕時計をじっと見つめながらループの瞬間を迎えたことがある。

夜、真上を向いている短針に、長針がぴたりと重なる瞬間。つまり二十四時ちょうどになると自分の意識はぶつんと電源が切れたように暗転し、次に気付いた時にはいつもの自分の布団の中で、居間のテレビがふたご座流星群について語る女性アナウンサーの声を流していた。きっと、二十四時になった時に同じ十二月十四日の0時に戻っているのだろうけれど、その時は僕は眠りの中にいるから認識できない。

なぜ十二月十四日がループしているのか分からない。

このループを抜け出す方法も分からない。

そしてなぜ、僕の精神だけがこのループの影響を受けないのかも、分からない。

分からないことだらけだ。

初めの頃は、色々なことを試した。ループが終わる条件がどこかにあるはずだと考え、日々違う行動をした。困っている人を助けてみたり、夜まで歩き続けてできるだけ遠くに移動したり、家で勉強してみたり、逆に一日中眠ってみたり。でも翌朝目が覚めると、テレビは変わらず今夜のふたご座流星群について語っていた。

　道行く人に手当たり次第声をかけても、誰も今日を繰り返していることを認識していなかったし、変なことを言う奴だと僕に奇異の目を向けても、翌日になれば僕のことなど皆忘れていた。

　だから僕は、いつからか、ループについて深く考えることをやめた。そうすることが自分の正気を保つ唯一の手段に思えた。

　考えることをやめて、僕はこの状況に順応しようとした。もしかしたら僕以外の人間も、ループを抜けることをとうに諦めて、心を無にして毎日同じ行動を繰り返しているのかもしれない——そう考えたこともある。

　幸い十二月十四日は土曜日で、高校に行く必要はない。書店でのアルバイトもシフトを入れてないから、欠勤の連絡を入れる必要もない。だから限りなく前向きに捉えるなら、言うなればこれは、僕だけに与えられた無限の休日、永遠の冬休みのようなものなのだ。

　ループという果てしない砂漠に、何の説明もないまま独りで放り出された僕にとって、その砂漠で生き抜くためのオアシスは、市の図書館だった。

　テレビゲームはいくらセーブをしても、翌日になればデータは元に戻ってしまう

（そもそも母子家庭で金のない我が家にはゲーム機もスマホもない）。

映画は二時間ほどで観《み》終わってしまうので、「また明日も」という楽しみの継続が少ない（そもそも母子家庭で金のない我が家には、映画を再生するためのパソコンもタブレットもＤＶＤプレイヤーもない）。

その点、図書館は優秀だ。無数の物語が息を潜めて並び立ち、人間の手に取られるのを待っている。座り心地の良い椅子があり、暖かな暖房も付《つ》いている。現金を一切持っていなくても、一日中入り浸っても、迷惑そうな目を向けられることもない。

それに、本をいいところで止めておけば、「明日続きを読みに行く」という、ささやかながらの「明日を生きる理由」になる。

だから僕はいつも、閉館時間ギリギリまで本を読み、読み終わりそうならページを捲《めく》りたくなる手を止め、読み終わったら次の本を少しでも読み進める。家に帰ったら布団に潜って物語の続きを空想しながら眠る。

そんな風にして自分を常に「読書中」の状態にして物語漬けにし、ループする現実から少しでも目を逸らすことで、自分を保ち続けていた。

最近は「月待燈《つきまちあかり》」という作家の物語が気に入っている。

まるで映像を見ているような丁寧な情景描写と、小説ならではの繊細緻密な心理描写を織り交ぜ、劇的ではなくとも力強くうねる冬の海のようなストーリーラインは、緊張感と安堵《あんど》と感動を飽きさせることなく与えてくれた。

その作家の既刊四冊全て図書館に収蔵されていたのは幸いだったが、デビュー作から発売順に読み進めて、今は最新刊である『真夏色のアムネシア』まで追いついた。今はその続きを読むために、図書館に向かい歩いているところだ。

惜しむらくは、僕がこのループの中にいては、月待燈の新刊に出会うことは永遠にない、という事実だ。まあ、読み終えたら、別のお気に入りの作家を探すしかない。でも、いつか、図書館の全ての本も読み終えてしまったら——いや、これは考えないでおこう。

目の前の横断歩道は、僕の到着を待っていたように信号を青に変える。

繰り返す「今日」の中で、いかに効率よく図書館に辿《たど》り着《つ》くかという遊びでは、僕は既に達人の域に到達している。すれ違う人の表情や、行き交う車の色やナンバーまで、目を閉じていても分かる。

ふと思いついて、僕は横断歩道を歩きながら本当に目を閉じてみた。瞼《まぶた》の柔らかな闇が視界を満たす。

右前方から疲れた顔のサラリーマンがこちらに歩いてくる光景が脳裏に浮かぶ。

小さな子供をチャイルドシートに乗せた、太った女性が息を切らして漕ぐ自転車が、後ろから僕を追い抜いていく。

よたよたと歩く犬を連れた老人が、横断歩道の真ん中で足を止めて空を見る。

信号待ちをしているカーキ色のミニバン。その運転席の窓が開いてタバコの灰がアスファルトに落とされる。

僕は目を閉じたまま、幾度も見たそれらの光景を瞼の裏に描きつつ、何の支障も接触も衝突もなく横断歩道を渡りきることに成功した。

今日はこのまま目を閉じて、図書館まで行ってみようか。そんな気持ちが湧き起こる。物語に心酔すること以外は吐き気がするほどつまらないこのループ世界では、そんな刺激が一時の心の清涼剤になる。

しばらく歩道を歩き、バイクが横切る十字路では事前に足を止め、カラスが散らかしたゴミは目視せずに避ける。

うまくいっている。次の曲がり角を右に行けば、図書館もすぐそこだ。そしてその曲がり角周辺には歩行者は一人もいないということは、何十回も繰り返したこの道程《みちのり》が保証している……のだが――

角を曲がろうとした瞬間、自分の胸の辺りに何かがぶつかり、同時に「わっ」と小さく驚く女性の声が聞こえた。反射的に目を開けると、僕と衝突して地面に尻もちをついたらしい少女が視界に映った。

小柄な人で、学生らしいグレーのダッフルコートに臙脂《えんじ》色のマフラーを巻き、肩までの黒い髪は艶《つや》やかに朝陽《あさひ》を受けて煌《きら》めいている。

「あっ、ごめん、大丈夫？」

と慌てて謝った。まったくの予想外の状況に、心臓が鼓動を速める。

「こちらこそ、すみません」

少女はそう言いながら立ち上がり、地面についたスカートの汚れを手で払いながら、僕の方を見た。

色白でかわいらしい顔立ちだが、自信のなさを表すように目元まで伸びた前髪の、その奥の丸い目が、何かに驚くように大きく開かれた。少女は両手で口元を覆って躊躇《ためら》うように二歩、後ずさり、そして背中を見せると僕から逃げるように走り出してしまった。

僕は呆然《ぼうぜん》と立ち尽くす。飽きるほど繰り返してきた同じ日に、突然訪れた異質過ぎる展開。置き去りにされていた思考が今の状況に追いついた時、僕は考えるよりも先に駆け出していた。

「待って！」

既にその後ろ姿が小さくなっていた少女に向けて叫んだ。

僕がルーティン的に図書館に向かうこの時間、この場所。先ほどの少女を見かけたことはこれまで一度もなかった。

いつもと違う状況。それは全く同じ一日がループする世界の中では、これ以上ないくらいの異常事態なのだ。つまり、あの少女は、僕と同様に、このループを認識している人間である可能性が高い。

見失ってはいけない。ループと同一化している人は、同じ時間、同じ場所で、何度でも会える。けれど、ループを認識してその中で自由に動ける人は、今見逃してしまえば二度と会えないかもしれない。地面を蹴る足に力を込めた。

「待ってくれ！」

少女は走り慣れていないのか時折足をもたつかせ、転びそうになりながらも進み続ける。なぜ逃げるのか分からない。僕と同じように、イレギュラーなことに驚いたのだろうか。

僕だってこんなに全力で走るのはいつぶりか分からない。疲労感が足に満ちて、酸素を取り込む胸が苦しくなってくる。それでも、前を走る少女との距離は短くなっていく。

図書館をとっくに過ぎて、近くの公園に繋がる階段を少女は危なっかしく駆け下りる。大きな池のある広い公園だ。僕との距離はもう五メートルほどまで迫っていた。

「待てって！　話をしたいだけなんだ！　なんで逃げるんだよ！」

公園にいる子供連れの母親たちが、怪訝《けげん》な目で僕らを見る。ここまで走り続けてきた少女は力尽きたのか、倒れるように地面に伏した。背中を大きく上下させて息をしている。限界が近かった僕もその隣に膝をついて、ぜえぜえと肺に酸素を取り込む。

「追いかけて、ごめん。怖がらせた、かも、しれない。でも、どうしても、話が、したくて」

息を吐いて吸うその合間に、何とか声を出した。少女は何も言わずに肩で息を続けている。髪で顔が隠れて、表情は見えない。単に疲れ果てているだけかもしれないが、もう逃げ出す気配はない。

周りでこちらを警戒していた母親たちは、特に通報の必要はないと判断したのか、子供を連れて離れていった。

僕は決定的な言葉で、少女との距離を一気に詰める。

「君も、この一日を、ループしてるんだろう？」

少女が一瞬体を強張《こわば》らせたように見えた。全力疾走の影響で自分の体中から汗が噴き出してくる。僕はマフラーを乱暴に外して言葉を続けた。

「僕もそうなんだ。なんでこうなったのか分からない。もし君もそうなら、協力しないか。君だって、こんな訳の分からないループから抜け出したいだろう？」

少女も呼吸が落ち着いたのか、姿勢は倒れ込んで地に両手をついたままだが、肩の上下運動はなくなった。

こちらに害意がないことを信頼してもらうために、僕は個人情報を曝《さら》け出《だ》す。

「僕は、青峰《あおみね》、雪《ゆき》。ブルーの青に、山の峰。それに、スノウの雪、だ。この辺の高校に通ってる二年生で、十六歳」

雪、という自分の名前があまり好きではなかった。女の子っぽい音の響きで、小学生の頃はそれでよくからかわれた。それに、暖かくなれば消えてしまう自然現象の名を子供の名前に付けるということが、既に肉親からの愛情のなさの証《あかし》のように思えていた。

「よければ、君のことも、教えてくれないかな」

少女は少し顔を上げ、長い前髪の隙間から僕を見た。その目が少し赤く濡《ぬ》れているように見えた。

「私……は……」

うつむいて、躊躇うように一度黙った少女は、深呼吸を挟んで、姿勢を正して再び僕の方を向いた。今の数秒の間に何かの決心をしたような、そんな引き締まった表情だった。

「私は、鳴瀬《なるせ》、桜《さくら》、です。音が鳴る、に、浅瀬の瀬、春の花の、桜、です」

そう名乗った少女は、近くに落ちていた手頃な木の枝を拾って、丁寧に公園の地面に名前を書いた。鳴瀬桜。僕は脳内の記憶域の重要なエリアにこの名前を刻み込むように、その字を眺めた。

「こちらこそ、突然逃げ出して、すみませんでした」

「い、いや、いいんだ。驚くのは分かる。僕も驚いたし」

「……あの、何か、飲んでもいいですか？　さっきので、喉がカラカラで」

言われてみれば自分の喉も痛いくらいに乾燥していた。

近くに自動販売機があったので、二人で向かう。鳴瀬さんはしばらく商品の列を真剣に眺めた後、缶のホットミルクティーを買った。僕も続いて自販機に硬貨を入れ、ペットボトルの水のボタンを押す。ゴドン、と音を立てて機械が乱雑にボトルを吐き出す。左手を取り出し口に入れてボトルを摑《つか》んで出す時、難しい顔をした鳴瀬さんの視線が、僕の左手に注がれているのを感じた。

「どうかした？」

「あ、いえ」

と小さく首を横に振る。彼女は僕の左手首の腕時計を見ていたように思えた。

池の見えるベンチに移動して、二人で喉を潤した。池には数羽《わ》の鴨《かも》が呑気《のんき》に浮かんでいて、貸しボートが二艘《そう》、それぞれ幸せそうな家族を乗せている。鳴瀬さんは両手でミルクティーの缶を包み込むように持ち、冷えた指先を温めているようだった。

それから彼女が続けた自己紹介によると、どうやら鳴瀬さんは、僕と同じ十六歳であるらしい。小柄な体軀《たいく》と幼げな顔立ちから、年下の中学生くらいかと思っていたから驚いた。さらに驚いたのは、僕が通っている高校と同じ学校名を出したからだ。

「えっ、じゃあ僕と同じ学校に通ってて、同じ学年で、隣のクラスってこと？」

「そう、みたいです」

これは偶然なのだろうか。そうは思えなかった。無限に繰り返す十二月十四日の中で、ループを認識している人間がこうも近い境遇にいるのは、何か意味があるのかもしれない。

それにしても、僕は今の高校に一年半以上通っているが、校内で鳴瀬さんを見かけた記憶がない。勝手な第一印象として静かで大人しく、目立つことを好まない人のようだから、視界に入らなかったのかもしれない。まあ、友人も作らずに自席で本を読んでいることの多い僕が、他人に無関心であることも大きいだろうけれど。

「それで、鳴瀬さんは――」

僕が名前を呼んだ時、少しだけ彼女は、鋭い痛みに耐えるような顔をした。でもその理由を僕は知りようもないから、そのまま続ける。

「――ループ、してるんだよね？」

「……はい」

「いつから？」

「もう、覚えてません」

「僕も同じだ。途中から数えるのをやめた……。それで、なんでこうなったのかは、分かる？」

「……いえ」

彼女はうつむきがちに首を横に振る。

今の僕の感情を正直に吐露すると、「がっかり」だった。

まさか自分以外にもこのループに捕らわれている人がいるとは、これまで夢にも思わなかった。だから今日のこの邂逅《かいこう》が、無限に繰り返す一日を打ち壊してループを抜け出す糸口になるのだと期待してしまっていた。

でも、僕だって今の状況の原因も背景も理屈も、一つとして分からないのだ。同じ境遇である同級生の女の子がそれを知っていると考えるのは無理がある。

「そっか、じゃあ結局、進展はなしか」

息を吐き出しながら、ベンチの背もたれに背中をつけた。「ごめんなさい」と、鳴瀬さんが小さく言った。

「いや、謝らないでよ、僕だって何も分からないんだし。こうしてループを認識できる仲間に会えただけでも、とてもほっとしてるんだ。自分だけ同じ一日を繰り返しているのは、世界で独りぼっちなのと変わらないと思ってたから」

鳴瀬さんは何かを考えるように、両手で持ったミルクティーの缶を口に付けた。艶やかな桜色の唇が目に入り、思わず視線を逸らして自分の手元を見る。そういえば彼女は、桜という名前だったか。

「あなたは、このループを、抜けたいんですか？」

そう彼女は言った。僕は悩むこともなく答える。

「そりゃそうだよ」

「どうして？」

「どうしてって……ずっと同じ一日を繰り返すなんて、うんざりするじゃないか。最近は諦めて読書に逃避してたけど、前は抜け出すために色々と試してたよ」

「抜けたい理由は、うんざりするから、だけ?」

「え……あとは、未来がないと、生きている気がしない、というか……」

なぜループを抜けたいのかと訊かれて、はっきりと答えを出せない自分が意外だった。僕はなぜ、ループを抜けたいんだ?

進みたい未来があるわけじゃない。叶《かな》えたい夢があるわけでもない。ループが始まる前までも、この人生を有意義に楽しく過ごしているわけではなかった。

昔から、もっと小さな子供の頃から、心の半分が欠けているような感覚をずっと抱えて生きていた。冬の日没時のような、日曜日の雨空のような、理由の分からない寂しさ。自分には何かが足りていないという喪失感。抽象的な言葉で言えば、魂の欠落感、だ。

だから同年代の友人の話や遊びの輪にうまく入れず、入ったとしても馴染《なじ》めない。笑うべきところで笑えず、盛り上がるべき時に盛り上がれず、空気を悪くするばかりで、いつしか僕は存在しないものとして扱われるようになった。

この感覚の正体は何なのだろうと考えたこともある。父に捨てられたことだろうか。母に愛されていないことだろうか。あるいはそれ以外か。考えたところで分かるはずもなく、僕は心にぽかりと開いた穴を抱えて生きるしかなかった。

このループを抜けても、そんな日々に戻るだけ。

隣の鳴瀬さんがベンチから立ち上がるのが視界の端に見えた。

「私は、生きるのが、下手なんです」

突然の言葉に意味が分からず、彼女の方を見る。鳴瀬さんは池を囲む柵に手を置き、遠くでボートに乗る幸せそうな家族を眺めているようだった。

「自分の思いとか気持ちを、うまく言葉にできなくて。言葉にできても、それを言う勇気もなくて。だから友達も作れなくて、独りぼっちで、これまで生きてきました」

その境遇が、自分と重なる気がした。僕らは、生きることが、下手なんだ。

世界がそういう種類の人間を生み出してしまうことを不思議に思う。世の中が効率を求めるのなら、僕らのような、生きるのが下手な人間を作らなければいいのに。

鳴瀬さんは深呼吸するような間を空けてから続けた。

「もし、このループがなくなって、『今日』が終わっても、その先を生きたいと、思っていません。だから私は、このループを抜けたいとは……思いません」

背中を向けているので表情は見えないけれど、その声が少し震えたように感じた。

「多分、このループは、色々なものを理不尽に奪われてきた私に、神様がくれた贈り物です。終わらせるなんてもったいないです。繰り返す一日にうんざりするのなら、毎日違うことをすればいいんです。未来なんてなくても、私たちは、ここで生きてるんです。だから――」

そこで言葉を止めて、鳴瀬さんは振り向いた。彼女の後ろに広がる池に、冬の陽の優しい光が乱反射して、晴天の星空のようにキラキラと眩《まばゆ》く煌めく。彼女はその顔に、少し無理をしているような、けれど精一杯の笑みを浮かべ、言った。

「私と二人で、このループを、楽しんでみませんか？」

半分欠けている僕の心。そのささくれ立った断面に、温かな雫《しずく》がひとつ、落ちたような気がした。

その後、鳴瀬さんの提案で、池の貸しボートに乗った。

「前から、ちょっと、憧れてたんです」

彼女はそう言って、はにかむように笑った。

オールを握らされた僕も初めての経験だったが、何とか水面を進むことができた。思っていた以上に腕が疲れ、移動手段としては何て非効率な乗り物だろうと思う。

途中、小さな子供を連れた家族の漕ぐボートと軽く接触して慌てた。僕の謝罪にその家族は笑顔で大らかに応えてくれ、幸福な人が持つ心の余裕が見えた気がした。僕の慌てぶりを見て、鳴瀬さんも口元を押さえて小さく笑っていた。

池の真ん中でオールを止め、休憩する。優しい風が吹いて鳴瀬さんの髪を揺らした。

これまでのループの日々で彼女がどのように生きていたのか訊こうと思い、僕は口を開く。

「鳴瀬さんは――」

でもその声に重ねるように、彼女は言った。

「私、自分の苗字《みようじ》が好きじゃないんです」

さっきのベンチでも僕がそう呼んだ時、彼女が微かに顔をしかめていたのを思い出した。

「へえ、どうして？」

「えっと、ちょっと、色々あって。だから、苗字じゃなくて、下の名前で呼んでくれませんか？」

人には色々な過去や事情があるのだろう。でも、これまで女性をファーストネームで呼んだ経験などない。だからその依頼には少なからず戸惑った。けれどここで口を噤《つぐ》むのも情けないような気がして、僕は言う。

「桜、さん？」

「『さん』はいらないので、呼び捨てにしてください。同い年ですし、そう呼ばれるのに慣れてるので」

「いや、でもそれはさすがに、出会ってすぐに馴《な》れ馴《な》れしいというか」

「私は気にしないので、馴れ馴れしてくださいよ」と彼女は変な言葉で応酬した。

「そういう君だって、僕に敬語で話してるじゃないか」

少しだけ躊躇うような間を空けて、鳴瀬さんは言う。

「じゃあ、敬語やめる。これでいいかな、雪くん」

さっき「生きるのが下手」と言っていたのと同じ口とはとても思えない順応力で僕の逃げ道を塞いでくる。仕方なく僕は、目の前に座ってじっと僕を見る、今日会ったばかりの少女の名を呼ぶ。

「……桜」

彼女は膝を抱える腕の中に一度顔を埋めた後、少しして顔を上げ、微笑《ほほえ》んでみせた。

彼女が笑うと、その周りに春の柔らかな空気が生まれて、桜の花びらが舞うような気がする。

その目尻に薄らと涙の跡が光るのも、雨上がりに雫を湛《たた》えて陽を浴びる美しい桜の花のように、僕には見えた。

それがなんだかとても綺麗《きれい》に思えて、その涙の理由を、訊けなかった。

❄　❄　❄

静かで大人しく、活発さとは縁遠い、という第一印象に反して、桜は「ループを楽しむ」ということに不思議な程に積極的だった。

ボートを降りた後は電車で移動して動物園に入り、閉園まで過ごした。入園料や、園内のレストランで高いお金を使うことを躊躇う僕に、彼女は言うのだ。

「ループすればまたお金は戻るから、気にせずに使えばいいんだよ」

その事実は衝撃だった。雷に打たれたようだった。これまでのループでそこに気付かなかった自分の心根に染み付いた貧乏性を恨んだ。

どれだけお金を使おうと、二十四時がくればリセットされ、元に戻る。使った現金は財布に戻り、銀行口座から下ろして減った預金額も、全て元通りだ。もちろん買った物は手元に残らないし、食べたものの栄養素なども自分の体の中からなくなってしまうわけだが、記憶や想《おも》い出《で》は頭に残る。

「ああ、バカだな僕は。なんでこれまでそこに気付かなかったんだろう。気付いていたらもっと好き勝手にお金を使ったのに」

そう悔やんでいると、桜は楽しそうに笑った。

「それなら、これから好き勝手に使おうよ。この先ずっと、ループは続くんだし」

次の日にまた会う約束をして桜と別れた後、帰り道のコンビニで僕は、有り金の全てを使って、これまで気になっていても手を出さなかった雑誌やお菓子やジュースなどを買い、自室で一人パーティのようにそれらを楽しんだ。


翌日（という表現が正しいか分からない。なんせ昨日も今日も明日も十二月十四日なのだから）も、いつもの朝のニュース番組の音に起こされた僕は、桜と池の公園で待ち合わせをして出かけた。

話題になっていてテレビにも出たというパンケーキ屋では、二人でふわふわのパンケーキを食べた。存在は知っていてもこれまでの人生でそれを口にしたことのなかった僕は、その優しい甘さと溶けるような食感に純粋に感動し、この世界にはこれほどまでに美味《おい》しい食べ物があるのかと感嘆した。

桜も、小さく切ったそれをフォークで口に運び、幸せそうに表情を蕩《とろ》けさせた。でも僕が見ていることに気付くと、恥ずかしそうに下を向いて髪で顔を隠してしまった。

「桜って、すごく美味しそうに食べるよね。昨日の動物園のレストランでも思ったよ」

「えぇ、恥ずかしいからあんまり見ないでよう」

「いや、良いことだと思うよ。マズそうに顔をしかめて食べる人より、美味しそうににこにこして食べる人と一緒の方が絶対に良い」

「そ、そんなににこにこしてるかな、私」

「してたね、さっきは特に」

「うう。だってこれ、ふわふわで、甘くて、とろけて、幸せの味がするんだもん」

「分かる。だから気にせずに、にこにこしながら食べてよ。その方がこっちも美味しいから」

分かった、とはにかみながら微笑んで、桜は食べることを再開した。切り分けた欠片《かけら》を口に入れる度、律儀な程に表情に幸福を浮かべ、その様子を見て僕の心も温かくなった。

翌日も、その翌日も、そのまた翌日も……十二月十四日は一ミリも変わらぬ快晴の空を頭上に広げ、僕は桜と二人で様々な場所に行った。

映画を観て、美術館を巡り、美味しいものを食べ、値段を気にせずに服や雑貨を買い、ゲームセンターでUFOキャッチャーを制覇し、いくつもの公園を散策した。

桜も本を読むことが好きなようで、共通の趣味を見つけるとやはり嬉しい。お互いに好きな作家の話をして、読んだ本に同じタイトルがあれば、感想を言い合った。

朝のタイマー起動で僕を叩《たた》き起《お》こすテレビは、いつでもふたご座流星群について語っていて、相変わらず今日が繰り返していることを知らしめる。けれど桜と過ごす時間はいつも新鮮で、ループしていることを忘れそうだった。いつも別れ際には、明日行く場所ややりたいことを話してから、手を振って別れた。「約束がある」という事実は、それだけで明日を明るくするということを、僕は生まれて初めて知った。

繰り返す日々の中で、母と言葉を交わすどころか、顔を合わせることさえ、一度たりともなかった。僕がテレビの音に起こされる朝、母は眠りこけているし、夜になってアパートの部屋に僕が戻る頃には、母は仕事に出かけている。

　このループが始まってからずっとそうだし、ループが始まる前もそうだった。その希薄な関係性の中に、親子の信頼や愛情なんてものが発生するはずもない。

　きっと母は僕の存在を疎ましく思っているか、存在しないものとして考えているだろう。春が来れば溶けて消えてしまう「雪」のように、いつかふっといなくなることを望んでいるかもしれない。

　最早《もはや》その事実に、寂しさや悲しみや憤りのような感情は抱かない。当たり前のものとして、僕の体の中に冷たく根を張り定着している。

　半分に欠けた心で友人も作れず、半分に欠けた両親という存在からの愛情もない。物語だけを友にして、僕は独りで生きてきた。それでいいと思っていた。

　でもそこに、桜が加わった。

　彼女と過ごす時間は不思議と心地よく、自分が自然体でいられるような気がした。同学年のクラスメイトといる時の、心に冷たい隙間風が吹き込むような感覚が、彼女と過ごす時はぴたりと止《や》んだ。

　僕がこれまで知ろうとしなかった世界は眩しいくらいに明るくて、賑《にぎ》やかで、色とりどりだったのだと知った。クリスマスも近い十二月十四日、街はいくつもの電飾と陽気な音楽で溢れ、そこを歩く人々もどこか楽しそうだ。恋人は手を繋ぎ、家族は笑顔で、大切なものが近くにある人特有の満ち足りた表情をしている。

独りだった過去の僕なら、そういう場所を歩く時はなるべく自分の足元だけを見て、幸福そうに光を振りまく人たちから隠れるように、逃げるように、ある時は憎悪すらして、足早に通り過ぎた。

けれど桜と二人でいると、自分がそういった輝かしい場所にいることの許可を得られたような安心感があった。何かが欠けた、不完全な存在だったものが、ようやく一人の人間として成立したような感覚だ。

ループについて話すことを、桜はあまり望まないようだった。ある日、ふと思いついてこんな話をしたことがある。広い公園で歩き疲れ、ベンチで休憩している時だった。

「桜のクラスでは、プログラミングの授業で『繰り返し』ってやった？　ｆｏｒ文とか、ｗｈｉｌｅ文とか」

「うん、やったよ。難しかった」

僕らの視線の先では噴水がしぶきを上げ、陽光を受けて薄らと虹が見えていた。その周りでは暖かそうな恰好《かっこう》をした子供たちが走り回って笑っている。

「普通、繰り返しには終了条件を付ける必要があるんだよね。カウントがいくつ以上になったら終わるとか、特定の条件を検知したら終わるとか。それがないと無限ループになっちゃって、プログラムが意図した動きをしなくて、バグとして扱われる」

「……うん」

「今のこの世界も、何らかのバグで無限ループに入ってると考えられないかな。十二月十四日が終わる条件が壊れてて、十二月十五日に進めなくて、巻き戻ってしまう、みたいな。……ああ、でもやっぱりそう考えても、僕たちの精神だけが巻き戻らない理由が分からないな。その終了条件のバグに、僕らが何かしら関与しているんだろうか……。桜は、どう思う？」

話を振ると、彼女は少しだけ不満そうな顔でうつむいて、マフラーに口元を埋めた。

「分からないよ、そんなの」

以前桜は、このループを抜けたいと思わない、と言っていた。だからループについて深く踏み込むことを避けたいのかもしれない。

世界や時というものがループしていて、その発生原因をプログラム的に考えるというSF的な考察を広げたかった僕は、少しの寂しさも感じていた。このループについて語れる相手は世界に桜しかいない。でもその相手がそれを語ることを望まないなら、僕もそれに合わせるしかない。

桜はベンチから立ち上がり、僕の前に立つと、蕾《つぼみ》が開いたような笑顔で言う。

「分からないから、考えてもしょうがないよ。だからそんなのは気にしないで、このループを楽しもう。さあ、次はどこに行って、何をしようか」

でもやはりその笑顔は、どこか無理をしているような、心の奥に抱えた痛みを隠すような、そんな気配が感じられた。

❄　❄　❄

きちんと数えていないけれど、このループの中で桜と出会ってから、ひと月ほどが経《た》っただろうか。

僕の住む町から電車で一時間ほど行ったところに、小さな遊園地がある。今日は桜の提案で、その遊園地に遊びに来ていた。

園内はどちらかと言えば小学生くらいの子供をターゲットにした雰囲気だったけれど、それでも僕らは色んな乗り物に乗った。メリーゴーランドに揺られ、モノレールの上を走る自転車を二人で漕ぐ。上下移動しながら高速回転するアトラクションでは、降りた後に眩暈《めまい》がして、二人で笑った。

桜が「雪くん」と僕を呼び、柔らかな笑顔を見せる。その度に心地よく心臓が跳ね、欠けている心に温かな雫が落ちる。彼女といると、魂の欠損した部分に、そっと手を添えられているような感覚だった。嫌いだった自分の名前も、桜に呼ばれると素敵な音に聞こえた。

「雪くん、次はあれに乗ろう」

そう言って彼女は観覧車を指さす。全体的に小ぶりなこの遊園地の中でも、やはりそれは大きく目立つ。カラフルなゴンドラがグラデーションしながらホイールを囲んで並び、ゆっくりと回転している。

「いいね、行こう」

嬉しそうに一度微笑んでから歩き出す桜の後を、僕はついていく。

毎日会ってこうして遊んでいる僕たちの関係は、何なのだろう。

ただのループを共有するだけの仲間と考えるのは少し寂しく、けれど恋と呼ぶには不確かで。そんな関係性が、もどかしくも楽しかった。

このループする世界の中では、僕がまっとうにコミュニケーションを取れるのは桜だけだ。他の人と言葉は交わせても、翌日になれば僕との会話などなかったことになってしまう。それは一日で記憶が消えるロボットに話しかけているのと変わらない。だから、桜は特別なんだ。それは桜にとっての僕も同じはずで、その特別感が安心になる。吊《つ》り橋《ばし》効果というものだろうかとも思うが、違う気もする。

観覧車に向かう途中、自動販売機が見えた。そういえば喉が渇いている。

「桜、ちょっと飲み物買っていくから、観覧車の前で待ってて」

「うん、分かった」

そう言って微笑む桜の表情にも、僕への信頼感が見える。彼女の好きなミルクティーも一緒に買おう、と考えながら自販機に向かった。

僕が到着する前に自販機前に家族が立った。父親と母親と、幼稚園生くらいの小さな男の子の三人だ。男の子はその両手をそれぞれ父親と母親に握られていて、大切にされているのだと感じる。けれどその子は何か気に入らないことがあったのか、じたばたと暴れながら何かを喚《わめ》いている。両親は何とか彼の機嫌を取り戻そうと、何のジュースがいいかを優しい声で尋ねる。男の子はその全てに反発するように泣き声を大きくする。

愛してくれる両親がいて、休日に遊園地に連れてきてもらって、その上でどんな不服なことがあるのだろうと、僕は自分がその子の立場だったらという想像をしてみる。

でもそれは上手《うま》くいかなかった。

僕の両親は、僕がまだ一歳の頃に別れたと聞いたことがある。父親の顔も覚えていない。仲の良い両親という知識や経験が、僕の人生の中に存在していない。

大変そうな夫婦に余計な気を使わせないよう、少し離れたところから自販機が空くのを待った。彼らは最終的にリンゴのジュースを買って、多少落ち着いた子供を父親が抱き上げて去っていった。

僕はようやく自分用のスポーツドリンクと、桜にあげるためのミルクティーを購入した。思ったよりも桜を待たせてしまっている。

足早に観覧車の前まで向かうと、所在なさげにベンチに座る桜の姿が見えた。彼女は、両手で胸元に持った何か小さな物を見つめているようだった。近付くと、園内の雑踏やアトラクションのBGMとは異なる、小さな音が聞こえた。

ポロン、ポロン、と雫が跳ねるような繊細で可憐《かれん》な音がいくつも連なり、メロディを生み出している。どうやら桜が持っているのは、手のひらサイズの小さなオルゴールボックスのようだ。それが奏でているのは、有名な、聞き覚えのある曲だ。なんという名前だったか。思い出そうとして足が止まる。

深く沈み込んだ低音の出だしから、突然一オクターブ跳ね上がり、緩やかな波を描く。似たフレーズを一度繰り返した後、高音から一段ずつ階段をそっと降りていくようなメロディ。胸が熱くなり、泣きたくなる、優しくも甘やかに切ない音階。

願いによって命が吹き込まれた操り人形の物語。

そうだ、『星に願いを』。

立ったままの僕の存在に気付いたのか、桜がはっと顔を上げる。その目が少し潤んでいるように見えた。

「あ、雪くん、戻ってたの？」

彼女がオルゴールの蓋を閉じると、音はぴたりと止まった。

「うん。それ、オルゴール？　そんなの持ち歩いてるんだ」

「う、うん」

「大事な物、なんだね」

普通、賑やかな遊園地にわざわざオルゴールは持ってこない、と思う。それなら、今日に限らずいつも持ち歩いているのだろう。それはきっと、彼女にとって、とても大事な物なのだろう。

彼女は少しうつむいた。

「……前に、大切な人が、くれたんだ」

そう言った桜の目から涙が零《こぼ》れ、頬を伝うのが見えた。彼女は自分が涙を流したことに驚いたように、慌ててその雫を手で拭う。

僕は少し、打ちのめされていた。

前に大切な人にもらったと、彼女は言った。大切な人にもらった、大事なオルゴール。それを桜は、きっとこれまでも僕が知らなかっただけで、毎日バッグに入れて持ち歩いていたのだろう。僕のいない時に、今みたいに取り出して、そっと鳴らしていたのかもしれない。

桜はオルゴールをバッグにしまうと、ぱっと立ち上がった。

「じゃあ、観覧車行こうか」

いつもの春色の微笑みでそう言うと、アトラクション入り口の方に歩き出す。僕はその後ろを歩き、係員に案内されるままに、ブルーのゴンドラに桜と二人乗り込んだ。

観覧車はゆっくりと回転し、僕らを空へ近付けていく。僕の正面に座る桜は、横の窓から外を見ている。僕は彼女のその横顔を、そっと眺めた。

桜はオルゴールについてそれ以上の説明も補足もせず、僕も詮索することは野暮に思え、口を噤んだ。

この、ループし続ける壊れた世界で、桜がまっとうな交流をできるのは僕だけ。そう思って、その関係性に安心して心地よく浸っていた。けれど、彼女の中には、その心を大きく占める「大切な人」がいるのだ。それは僕ではない。なぜなら僕は、彼女が大切に持ち歩くオルゴールを、今日初めて目にしたのだから。

心臓の辺りに締め付けられるような痛みを感じた。

この苦しい感情は何だ。いや、考えるまでもない。

この感情は、嫉妬だ。

桜の言う大切な人が、彼女にとっての恋人のような存在と決まったわけじゃない。親や友人からもらったとか、例えば祖父の形見の品とかの可能性だってある。でもそうならそう言うんじゃないだろうか。

明言せずに「大切な人」とぼかしたのは、その相手を僕に知られたくないとか、知られたら気まずいとか、そういう理由があるんじゃないか。僕の考えすぎなのかもしれないが、そう思ってしまう。

そして、僕は思い知る。

真実がどうであろうと、僕の中に生じた感情は、疑いようもない、嫉妬だ。

そしてその嫉妬という醜く濁った感情の源流にある、純粋で透き通った湧き水のような気持ちも、確かに存在することを。

そうか。

観覧車からの景色を楽しむ桜の横顔を見ながら、僕は思う。

これが、初恋というものなんだ。

❄
❄
❄

自分の中の感情が恋なのだと認識すると、世界はがらりと空気を変えた気がした。

桜を愛《いと》しく思う気持ちが強くなり、彼女が笑顔を見せてくれることで胸中に生じる熱がその強さを増した。

それと同時に、以前桜が遊園地で言った「大切な人」の存在が、僕の心に大きく影を落としていく。桜に『星に願いを』のオルゴールを贈った人。それは誰なのだろう。

彼女が零した涙の光景が頭から離れない。その人との間に何か悲しいことがあったのだろうか。離別か、もしくは、死別のような、桜を悲しませる不幸を想像する。

そしてその想像が、いくつもの悪い想像を呼び起こして、僕を苦しめる。

桜は以前、苗字で呼ばれるのが嫌いだと言って、少し不自然なほどの強引さで、僕に下の名で呼ばせた。それは、その「大切な人」が彼女をそう呼んでいたのを、僕に重ねているんじゃないか。

あの池のボートの上で、僕が「桜」と名前を呼んだ時、彼女はなぜか少し泣いたようだった。理由を訊けなかったその時の涙と、オルゴールを聴きながら零した涙が、僕の中で繋がっていく。

桜はその「大切な人」の代わりとして、僕を見ているんじゃないか。

桜が僕に見せる笑顔は、僕にではなく、僕に重ねたその人に向けたものなんじゃないか。

そんな風に考えると、肋骨《ろっこつ》の内側が嫉妬の黒い手で握り潰されるように痛む。感情の源流にある透明な気持ちまで、淀《よど》んで汚されていくような気がする。

もう何度目かも分からない公園で、今日も桜と待ち合わせた。池の見えるベンチでぼんやりと座っていると、いつものダッフルコートを来た桜が駆け足で来るのが見えた。

「おはよ、雪くん」

「おはよう」

「今日は猫カフェだね。楽しみ。私ちょっと予習してきたんだよ」

「……そう」

やる気を見せるように胸元で小さくガッツポーズを作る彼女を直視できずに、視線を池に逃がした。彼女の言葉も、笑顔も、心も、全てが「大切な人」に向いているように思えて、ここ数日はずっとこんな感じだ。

情けない。自分が嫌になる。桜ときちんと向き合いたいのに。楽しく言葉を交わしたいのに。恋とはこんなにも人を弱くするものなのか。

しばらく黙って僕を見ていた桜が、隣に座った。

池では今日も飽きずにボートを漕ぐ家族が二組。それもそうだ、彼らには、数百日同じことを繰り返している自覚はないのだから。彼らにとっては常に、「初めて迎える今日」なのだ。どうして僕らだけがその外側にいるのか、分からない。

「雪くん、最近ずっと元気ないね」

と、桜が言った。

「そうかな」

「何か、あった？」

「いや、なんでもないよ」

「なんでもなかったらそうならないと思うなぁ。私が何か嫌なこと言ったなら、謝るから、教えてほしい」

そう言う桜の声も元気を失っているようだった。

謝ってほしいわけじゃないんだ。僕の身勝手な嫉妬で、桜までも落ち込ませている自分が嫌になる。

そうだ、問題は僕の中だけにある。桜は何も悪くない。桜に嫌な思いをさせてはいけない。

桜の大切な人が誰であろうと、今彼女の隣にいるのは、僕なんだ。今日を繰り返すこの異常な世界で、桜がまともに対話をできるのは、唯一僕だけなんだ。そう自分に言い聞かせ、明るい声で嘘《うそ》を言う。

「ごめん、最近夜遅くまで本読んでたから、寝不足でさ」

「え、そうなの？」

「で、猫カフェの予習したんだって？　歩きながら教えてもらおうかな」

ベンチから立ち上がり、深く呼吸をする。池は今日も朝日を乱反射して煌めいている。世界は彩りと輝きで満ちている。うん、問題ない。僕は今日も、桜と一緒にこのループを楽しむ。

池の公園から歩いて十五分ほどで猫カフェに到着した。店員から注意事項などの説明を受け、ドリンクバーの料金を払い、店内に入る。

開店してすぐの時間に来たからか僕たちの他に客はおらず、広々としていた。ここには二十匹ほどの猫がいるらしいけれど、今見えるのは八匹程度だ。猫たちはさすがに人慣れしているのか、僕たちが入っても気にするそぶりも見せなかった。

コップにドリンクを入れてからは、桜の「予習」の通り、まずは二人でソファに座った。桜が言うには、自分から猫に積極的に近付くのではなく、猫に興味のないフリをして本でも読んでいるのが、猫と仲良くなるコツなのだそうだ。

「なんか、ちょっと緊張する」と桜が小声で言う。

「猫たちから試されているみたいだよね。彼らにとって僕たちが、相手をする価値のある人間かどうか」

二人で持参した文庫本を取り出してページを開く。店内に流れる穏やかなＢＧＭを聴きながら、コップに入れたアイスコーヒーで喉の渇きを癒《い》やす。何度も読んだ本なので、あまり集中はできなかった。

しばらくして、一匹の猫が近付いてきた。白い毛並みに部分的にグレーが混ざり、宝石のように美しい青い瞳を持った猫だ。ラグドールという種類だろうか。

その猫はうろうろと僕らの足元を歩いた後、桜の膝の上にぴょんと飛び乗った。僕らは思わず顔を見合わせる。声を出すと驚かせてしまうと思っているのか、桜は驚きと喜びを混ぜ合わせたような表情で沈黙している。

僕としては、猫という生物について、これまで特に興味も関心もなかった。けれどこうして間近で見ると、柔らかそうな毛並みと丸い瞳、庇護《ひご》欲を掻き立てる顔つきや仕草、それら全てが可愛《かわい》く思え、この生き物に夢中になる人が多いのも分かる気がした。正直、桜が羨ましい。

桜の膝に乗ったラグドールは脚を畳んで、香箱座りをした。彼女の表情が優しく綻ぶ。囁《ささや》くような声で彼女は言った。

「香箱座りって、前脚を使えない状態になるから、それだけリラックスしている証なんだって。……さ、触っても、大丈夫かな」

右手を上げた桜は、恐る恐る膝の上の猫に指を近付け、そっと頭に触れた。猫はぴくんと耳を動かしたが、嫌がるような様子はない。桜はそのまま手のひら全体を猫に乗せ、背中の方に動かして撫でていく。

「すごい……ふわふわだ。温かい。命がここにあるのを感じる」

猫が逃げないと分かったのか、桜は緊張を解いて、猫の喉や耳元などを優しく撫でる。猫も気持ちよさそうにごろごろと喉を鳴らした。

人間が動物を愛するのは、言語によるコミュニケーションが成立しないからだと思う。言葉で意思の疎通は取れなくても、信頼し合える。その関係性に、命の本質的な部分での愛情や安心が生じるのではないかと思う。

幸せそうな桜の表情を見ていると、僕もその感覚を経験してみたいと思う。ここ数日の、見えもしない相手への嫉妬で疲れた心を、柔らかな温度で満たしたい。

そんな風に考えて辺りを見渡すと、僕の足元で一匹の黒猫が佇《たたず》んでいることに気付いた。桜の膝に乗るラグドールにばかり意識が向いていて気付かなかった。黒猫は夜空に浮かぶ満月のような黄色い瞳で僕を静かに見つめている。

桜の「予習」を思い出して、持っていた本に視線を戻す。猫に興味ないフリをしていた方が、猫は興味を持ってくれる、らしい。

視界の端で黒猫が屈《かが》んだのが見えた。そのしなやかな後ろ脚が床を蹴り、音も立てずに、僕の太ももの上に、その黒猫は飛び乗った。重すぎも軽すぎもしない、けれど確かに感じる生命の重さが、妙にくすぐったい。猫は寝心地を試すように何度かふにふにと足踏みをする。くすぐったさに笑いそうになるのを何とか堪える。

やがて、僕の膝の上はベッドとして合格の判断がなされたのか、黒猫はしずしずとしゃがみ込んだ。猫と接触している部分が、湯たんぽでも乗せているように心地よく温かい。これが命の温度なんだ、と僕は思う。

桜も黒猫に気付いたのか、僕と目を合わせて微笑んだ。

言葉や嘘や裏切りや欺瞞《ぎまん》の介さない所で、別の命と触れ合っていることの、得も言われぬ幸福感。そしてその時間を、好きな人と一緒に過ごすことの、たまらない充実感が僕を包む。

この世界がループしていてよかった。桜と会えてよかった。彼女を好きになってよかった。自分の精神がこんなに単純であることに驚きつつも、これまでの人生の中で最高の幸福を、僕は感じた。

本を閉じてソファに置く。桜がやっているように、僕も猫に触れようと思った。自分の手でも、猫の毛並みの柔らかさや温かさを感じたい。

黒猫の丸く愛らしい頭頂部に向け、右手を近付けていく。その手触りや温度を想像しながら。

指先が猫に当たる。しかし僕の指はその感触を捉えない。

指は音もなく猫の頭部をすり抜けた。

思わず声を出してしまいそうだった。

そのまま右手を進める。何の手触りも温度ももたらさないままに、僕の手はするすると猫を通り過ぎる。ようやく指先に何かが当たったと思ったら、それは僕の左足のズボンの生地だった。

驚き、慌てて右手を引き抜く。やはりそれは猫には何の干渉もせず、するりと抜けた。左手で触れようとしても、猫は立体映像か何かのように摑めない。

これは、何だ。

まさか、ここにいるのは猫の幽霊だとでもいうのだろうか。実体のない存在だから、僕には触れられないのか。いや、でも、今も確かに両足の太ももの上には、黒猫の重さと温かさの感覚がある。

黒猫は何かを思ったのか、首を曲げて僕の顔をじっと見た。月光を宿したような黄色の瞳が僕を射抜く。そして黒猫は僕の膝から降り、床に着地した。猫に温められていた太ももの辺りが急に寒々しく感じる。

僕から離れた黒猫は、桜の足に体を擦《す》り付《つ》けた。

「あれ、雪くん、フラれちゃったの？」

茶化すように桜が笑いながら言って、黒猫に手を伸ばしてその体を撫でた。桜は特に驚くことはなく、その手も猫をすり抜けない。

僕は自分の右手を見た。

「猫は気まぐれなんだから、これくらいで傷付いちゃダメだよ？」

「……うん」

どうやら、あの黒猫がおかしいわけではなさそうだ。となると、おかしいのは——

「ちょっと、ドリンク取ってくる」

僕は立ち上がり、ドリンクバーの方に向かった。得体のしれない不安が心を占めている。

コップは持てる。機械のボタンも押せる。コーラの黒い液体が注がれる音が聞こえた。勢いよく飲み込むと、痛いくらいに喉で炭酸が弾《はじ》けた。右手で恐る恐る自分の頬や首を触ると、当たり前のように皮膚と接触した感触を得た。

近くにいた猫のそばにしゃがみ、背中を撫でようとした。けれどやはり僕の手は猫を通り抜け、指先は床のラグに当たった。猫は怪訝な目を僕に向けて歩き去っていった。

ノルウェージャンフォレストキャットも、ロシアンブルーも、スコティッシュフォールドも、マンチカンも、アメリカンショートヘアも、僕は触れることができなかった。

これはなんだ。どういうことなんだ。

僕は、一体、何なんだ。

ドリンクバーから戻ると、桜に声をかけた。

「ごめん、ちょっと具合悪いから、帰る」

「えっ、大丈夫？　じゃあ私も」

膝の上の猫をどかそうとする桜を止める。

「いや、いいよ。僕一人で帰れる」

「でも」

「いいから、桜は、ここにいて」

それだけ言うと、返事を待たずに背を向けて、出口へ向かった。店員に時間分の料金を払い、店の外に出る。

実際、僕の顔色は病的に悪くなっているだろう。鏡を見なくても分かる。体中から血が引いているような感覚がある。具合が悪いという嘘にも説得力があっただろう。

自分が何なのか、どういう状態なのか、分からない。それを早くはっきりさせて、安心したかった。いや、安心はできなくても、せめて納得をしたかった。

猫の体を触れない。でも物体や自分の体には何の支障もなく触ることができる。だからこれまでのループする日々の中でこの異常に気付かなかった。

猫カフェの外には、駅の近くだけあって多くの人が往来している。この人たちに僕は触れるのだろうか。試してみたいが、もし自分の手が人間の体をすり抜けでもしたら、騒ぎになることは明白だった。明日になればそれもなかったことになるとはいえ、面倒なことは避けたいし、ここで騒ぎになれば桜に気付かれてしまうかもしれない。僕のこの異常性を、桜にだけは知られたくなかった。

だから僕は、ふらふらと歩いて、自分のボロアパートに帰った。コートも脱がずに、母が眠る寝室のドアをそっと開ける。母は今もいびきをかいて熟睡していた。

カーテンが閉ざされ薄暗い部屋には、酒とタバコの匂いが混じった気だるげな甘い空気が満ちていて、自分の肉親に対する特有の抗《あらが》いがたい、吐き気にも似た嫌悪感のようなものを自分の中に生じさせた。

起こさないように静かに近付き、布団の中の母を見る。母は両腕を布団から出して仰向けの形で眠っている。

親の顔をまともに見るのは、一体何日ぶりになるのだろうか。似合っていないのに昔から髪を金色に染めていて、それが薄暗闇の中でもぼんやりと発光しているように見えた。顔にはシミや皺《しわ》が目立つ。自分の親はこんなに老けていただろうかと驚いたけれど、普段は厚く化粧をしているのだと思い至った。

自分の右手を伸ばし、母の右手に触れようとした。けれどやはり僕の指先は、一切の抵抗をもたらさずに母の手の甲の中に飲み込まれ、すり抜ける。

顔に触れても同じだった。金色の髪にも触れない。目には確かに見えているのに、ホログラムに手を伸ばすように、そこに実体を感じられない。視覚情報と触覚情報の差異に、脳が混乱していく。

右手を動かしている時にコートの袖が顔に当たったのか、母は手で顔を擦って寝返りを打った。僕は足音を殺して部屋を出る。

扉を閉めてから、ゆっくりと息を吐き出した。

猫だけではなく、人間にも触れないことが分かった。しかし物体には触れる。現にこのコートは確実にこの世界に存在しており、母の顔に当たったんだ。そして今朝このコートを摑んで羽織ったのは、他でもない僕自身だ。

目を閉じて、自分の中の記憶を確認してみる。実は僕はもう死んでいて、霊体のような存在になったのに、そのことを忘れてしまっているのではないか。そう思ったからだ。

でも記憶の中には、事故だとか病気だとかで自分が死ぬような状況になったシーンは欠片もない。この訳の分からないループが始まる前だって、普通に学校に行って、アルバイトもしていたはずだ。

寒いのに冷や汗が流れた。心臓が不快に高鳴っている。でもそれは、僕が生きているということの証明ではないのか。この体に血が巡っていることの証なんじゃないのか。

台所に移動して、包丁を手に取った。手入れしながら何年も使ってきたその刃は、銀色の鈍い輝きを保っている。その切っ先に、左手の人差し指を当て、押し込む。皮膚が切り裂かれる鋭い痛みが指先に走り、反射的に左手を離した。指を見てみると、肉が裂けているのに、血は出ていなかった。

「なんなんだよ、これ……」

僕は力なく腕を下ろした。包丁は音を立てて床に転がった。

❄ ❄ ❄

その日から僕は、部屋に閉じこもった。

朝、テレビの音で目が覚めても、布団の中から動かなかった。

昼過ぎ頃に母が起きてテレビを消し、ごそごそと何か準備をしてから外に出て行く音を聞いた。そのまま母は帰ってこなかった。

二十四時になると僕はまた布団の中で目覚め、世界はいつの間にか朝になっていて、まったく同じ一日が繰り返される。以前左手の人差し指につけた切り傷は、翌朝にはなくなっていた。

いくら考えても、自分の状態が分からない。非科学的だしこれまでそんなもの信じてもいなかったけれど、やはり幽霊というものなのだろうか。でも自分が死んだ記憶も実感もない。幽霊は皆そういうものなのだろうか。

それに、仮に自分が本当に霊的な、非物質的な存在なのだとしたら、物にも触れないはずだし、他者からも視認されないはずだ。いや、本物の幽霊というものを見たことがないから知らないけれど、古往今来、東西古今、人々の想像や物語の中でも、幽霊とはそういうものだろう。でも僕は物に触れるし、人から見えている。

自分が、人間でも幽霊でもない、半端な存在のように感じた。生きていないし、死んでもいない。そんな状態で、同じ一日を繰り返し続けている。この世界は何かが狂っている。

以前、噴水の見える公園のベンチで話した、ループの終了条件のバグについて思い出していた。十二月十四日が終わり、十五日になる条件。それが初めから設定されていないか、その条件が壊れているか——。今ならこうも思える。壊れているのは、僕なんじゃないか、と。

僕がこんなにもおかしな状態だから、世界は明日に進むことができずにいるんじゃないか。

僕というちっぽけな一人の人間がそこまで世界に影響を与えると考えるのは、自惚《うぬぼ》れだろうか。でも実際に、僕と桜だけを例外にして、世界は十二月十四日に留まったまま延々と足踏みを続けている。

桜。彼女のことについても考えた。このループの原因が僕という存在の異常性なのだとしたら、桜は一体何なのだろう。彼女は僕と違って猫に触っていた。普通の人間のように思える。

桜のことを考えると、彼女の遠慮がちな笑顔や艶やかな髪や優しい声を思い浮かべると、胸の辺りが引き絞られるように痛むのを感じる。

桜は今どうしているだろう。具合が悪いと言って別れてから、もう何日も経つ。心配させているだろうか。それとも、僕のことなど気にもせず、あのオルゴールボックスを鳴らして「大切な人」に想《おも》いを馳《は》せているだろうか。この、無限にループする世界の中で、永遠に――

心が壊れそうになる。頭を掻きむしって声の限り叫んだ。母はもうアパートを出ているけれど、壁が薄いので隣人から不審に思われるだろう。でも構うものか。明日になれば全てなかったことになる。

僕はこの世界と、この身と、この胸の中の惨めな初恋の、その全てを呪って、しばらく叫び続けた。

❄　❄　❄

服を着替え、学習机の上に置いてあるいつもの腕時計を取って左手首に着けた。バッグを肩にかけ靴を履くと、僕はアパートの扉を開け外に出る。冬の風は今日も冷たくて、首に巻いたマフラーを口元まで引っ張った。

自室で声が嗄《か》れるまで叫んだ後、このままではダメだと考えた僕は、桜に会いに行くことを決めた。

僕は世間一般の高校生が持っているであろうスマホを所持していない。必要性がなかったことと、定期的な出費になることを知っていたからだ。だから桜と連絡先を交換しておらず、会って話す以外のコミュニケーション手段を持たない。お互いの住所も教え合っていないから、家を訪ねることもできない。

歩きながら、左手の腕時計を見る。黒いレザーのバンドに、銀のベゼル、シンプルな黒の文字盤に白い数字が並んでいる。随分前から使い続けているこの時計は、確か母親からもらったものだった。夜の店の客からもらったものを、自分には合わないからと僕にくれたのだ。

その時は、大人が使っているアイテムを子供である自分が持つことの喜びを感じていた。その感情はよく覚えている。いつも小学校から帰ってきては左手首に着けて文字盤を眺め、一人で誇らしい気持ちになっていた。

この時計には以前から何か問題があったような気がしていたけれど、何だったか。それを思い出そうとすると、その記憶は遥《はる》か遠《とお》く、暗い靄《もや》がかかったようになる。思い出せないのなら大した問題ではないのだろう。ともかく、その時計の針は今、午後三時半を指し示している。

連絡手段のない僕たちは、毎朝あの公園で待ち合わせしていた。桜と出会った最初の日に、彼女の希望でボートに乗った、あの池のある公園だ。日も傾きかけた今も桜がそこにいるとは到底思えない。けれど、行かずにはいられないくらい、僕の心は憔悴《しょうすい》しきっていた。

図書館の横を通り、公園に繋がる階段を下りる。初めて桜と出会った日、逃げる彼女を必死で追い、ここを走ったことを思い出す。あれから何日経ったのだろう。僕の中ではもう随分と前のことのように感じるけれど、世界はあの日から一日も経っていないのだということを、改めて不思議に思う。

池沿いの道を歩き、いつも待ち合わせ場所にしているベンチがある方へ向かった。やがて木々が途切れ、そのベンチが視界に入った時、僕は思わず足を止めた。

「……桜」

十メートルほど先のベンチに、桜が一人、座っているのが見えた。萎《しぼ》んで壊れそうだった胸の中に、熱い感情が湧き出て満ちていくのを感じる。

彼女はここで、ずっと僕を待ってくれていたのか。まさか、あの猫カフェで別れてから、毎日……？

止まっていた足を動かし、僕は歩き出す。ベンチが近くなっていく。鼓動が速くなっていく。

同じ一日を繰り返す壊れたこの世界で、唯一取り残されている二人。もしかしたら、僕は桜とだけは触れ合えるのかもしれない。それなら何の問題もない。

まずは謝ろう。随分待たせてしまったことを。それから、しっかり話そう。僕の置かれている状況を。二人で受け止めて、受け入れよう。そうすれば、もしかしたら、止まっている時も動き出すかもしれない。

座っている彼女の後ろまで辿り着く。もう声をかければ届く距離だ。けれど僕の耳は、いつか聴いたあの音を捉えた。

ポロン、ポロン、と軽やかに転がるような音。それがいくつも連なって、終わらないメロディを紡いでいく。星に願えば夢は叶うなんて、そんなデタラメで無責任な曲。

桜の大切な人が彼女に贈った、オルゴールボックス。

途端に世界が一段階照明を落としたように暗くなった気がする。熱くなっていた心に冷たい風が吹き込んで、苛立《いらだ》ちさえ生じてくる。

「桜」

名前を呼ぶと、桜は驚いたように振り返った。

「雪くん」

彼女の頰を涙が伝う。その涙は、誰のためのものなんだ。

「心配してたよ。どうしてたの？　具合はどう？　大丈夫？」

桜はオルゴールをバッグにしまうとベンチから立ち上がり、僕の前に立つ。目を合わせられなくて、僕は視線を落とした。

「雪くん？　まだどこかつらいの？　それなら、休んでた方が」

僕に向けて遠慮がちに伸ばされた彼女の右腕を、僕は左手で摑んだ。僕の突然の行動に、桜は「えっ？」と驚く。

僕の左手には、桜が着ているコートの生地の感触が確かにある。やはり物体には触れる。分厚いコートの感触の奥に、彼女の細い腕が存在していることも感じられた。

摑んでいる左手はそのままに、僕は右手を上げる。

桜の、細くしなやかな指。そこに自分の右手を近付ける。

僕が指を組もうとしていると思ったのか、桜は受け入れるように右手の指を広げた。

胸が複雑に痛む。

指先が触れそうになる。

星が願いを叶えるのなら、今も頭上にある幾億の星に願う。

どうか、何事もなく、この手が君と触れ合うように——

しかし僕の指は、桜の指をすり抜けた。小さな悲鳴のような声で、桜が息を呑《の》んだ。

彼女の右手の中で、僕は自分の右手を握ったり開いたりする。そして右手を下ろし、摑んでいた彼女の右腕も解放した。桜は自分の右腕を抱くようにして、二歩後ずさった。

僕は言う。

「ねえ、これ、どういうことだと思う？　前に二人で行った猫カフェでも、僕は猫に触れなかった。眠っている自分の母親で試しても同じだった。自分の体や物には触れる。今も君の腕をコート越しに摑めた。でも命のあるものに触れない。これってどういう状況なんだ？」

桜は右手で口元を覆うようにして、何かに狼狽《うろた》えている。ぐちゃぐちゃになった感情から、次々に言葉が溢れてくる。

「そもそもさ、なんでこの世界はループしてるんだよ。その中でなんで僕らの意識だけループしないんだよ」

「そ、それは、」

うつむいた彼女は下ろした両手を硬く握っているように見える。

「分からないけど、でも、楽しめば、いいって」

「楽しんで、楽しんで、それでどうするんだ？　何年も何十年も、何千年も、永遠に、止まった時の中で、楽しみ続けるのか？　そんなことができるのか？　この訳の分からない体で！」

「わ、私は、大丈夫だよ。雪くんがどんな体でも、一緒にいるよ」

「それは僕じゃなくて、僕に重ねた『大切な人』と、じゃないのか？」

「え……？」

桜は顔を上げ、僕を見た。何を言っているか分からないというようなその表情に、胸の中にムカムカとした感情が炎のように拡《ひろ》がっていく。

「あのオルゴールを君に贈った人を、僕に重ねてるんじゃないのか？　最初から変だと思ってたよ。生きることが下手って言ってた割に、なんで初対面の僕に下の名前で呼ばせるのか。それまで顔も知らなかった同級生の男と毎日平気で遊べるのか。それは、僕がその人に似てるとか、そういうことなんだろう？」

「ち、違う、よ」と小さく首を振る桜。

自分の感情の醜さが嫌になる。でも、言葉は止まらない。

「違うんなら教えてくれよ。大切な人って誰なの？」

涙を浮かべた目で、桜は僕を見る。その雫が溢れて頬を伝う。傾きかけた陽の光が
それを輝かせた。

「それは……言えない」

心に大きなヒビが入る音が聞こえた気がした。世界がまた暗くなった。

僕は自分を落ち着かせるようにゆっくりと呼吸をして、続ける。

「……じゃあ、僕の体のこととか、十二月十四日を繰り返している世界とか、何か知っていることはない？　何か隠してることがあるんじゃないの？　それを話してほしい」

ずっとそう感じていた。違和感を持っていた。ループについて深く踏み込むことを、
桜はいつも避けているようだった。

初めて会った時、逃げ出した理由。ループを楽しもうと言った理由。僕の存在の異常性。それら全てが、この世界の秘密に繋がっているような気がしていた。

「……それも、言えない」

桜は表情を変え、今にも泣き崩れそうな顔をした。ぽろぽろと涙を流す。

「なんでだよ！　教えてくれよ！」

僕は衝動的に、両手で彼女の肩を掴んでそう言った。桜の小さな体は、震えていた。

「気にしないで、私とループを楽しもうよ。お願い」と泣きながら彼女は言う。

「気にしないなんてもう無理なんだよ！　何か知ってるなら、なんで隠すんだ！」

「だって！」

彼女が声を張り上げた。額を僕の胸にぶつけるように当てて、泣き叫ぶように続きを言う。

「だって！　このループを抜けたら、あなたは死んでしまう！　私は、ここで、あなたと生きたい！」

桜は肩を掴む僕の手から逃れて、走り去っていく。彼女の言葉の意味を理解できず、僕は追いかけることができなかった。彼女の後姿は、立ち並ぶ樹々《きぎ》に隠されて見えなくなった。

しばし放心した僕は、力なくベンチに座る。隣には、桜のバッグが置き去りにされていた。悪いとは思いながらも、開けられたままのバッグの口から見えているオルゴールボックスを取り出した。

手の平に乗るサイズの、飾り気のない簡素な木製の箱。蝶番《ちょうつがい》で繋がれた蓋をそっと開けると、優しい音色が流れ出した。

このループを抜けたら、あなたは死んでしまう。桜はそう言った。

彼女はやはり、このループについて何か重大な秘密を知っている。そしてそれを僕には言わず、一人で胸の内に秘めて封をしている。その理由が、ループを抜けたら僕が死ぬから、なのか？　このループが、僕の命を保っているというのだろうか。

オルゴールが流す音楽を聴きながら、これまでの、桜と過ごしたループの日々を思い出した。それは優しい記憶だった。目の前には池の水面が広がり、暮れかけの陽の光を煌めかせている。今日も鴨が数羽泳いでいて、その軌跡が緩やかな波になって広がっていく。先ほどの、感情的になってしまった自分を恥じて、そして悔やんだ。

ゼンマイが力を失い、オルゴールのメロディが速度を落としていく。星に祈れば願いは叶う、静かにそう繰り返してきた音楽は、そしてやがて、止まった。

一つ、深呼吸と共に決意をして、僕は立ち上がった。

❊　❊　❊

何が正解だったのか、どうすれば良かったのか、今でも分からない。

あの時からずっと。そう、ずっと、ずっとだ。

それは何度今日を繰り返しても答えは見えなくて、やっぱりあの時死んでおけばよかったのかもしれない、なんて考える。

雪くんに問い詰められ、泣きながら逃げ出してしまった私は、走ることにも疲れて、とぼとぼと一人で夕暮れの住宅街を歩いていた。

どこに行けばいいんだろう。これから私は、どうすればいいんだろう。この世界に私の居場所なんてどこにもないんじゃないかと思えてくる。

いつもは、雪くんと別れた後、二十四時になるまで外を歩いたり、コンビニで本や雑誌を立ち読みしたりしていた。でも今はそんな気分になれない。バッグを公園のベンチに置いてきてしまったから財布もないし。

家には帰りたくない。帰れない。でもどこにも行けない。誰とも会いたくない。

結局私の足は、自分の家の前で止まった。築五十年ほどの、ありふれた二階建て一般家屋。手入れされていない壁は薄汚れ、冬の時期は隙間風で部屋は常に寒い。歩けば床は音をたてて軋《きし》むし、大雨の日は雨漏りもする。この場所にいい想い出なんて一つもなくて、ここに立つだけで気持ちは沈む。それに、一番帰りたくない理由が今、家の中で起こっているのを私は知っている。

でも、今の私は疲れ切っていた。体も、心も。

敷地《しきち》に足を踏み入れ、ブロック塀の陰に隠れるようにして家の壁に背を当て、そのまましゃがみ込んだ。薄暗く、湿っぽい。壁が薄いせいか、中で行われている喧嘩《けんか》のような話し声が漏れ聞こえてくる。両手で耳を塞ぎ、目を閉じて体を丸めた。自分自身をシェルターのようにして、心を静かな場所に逃避させる。

雪くんと出会った頃のことや、彼と過ごした時間のことを考えた。こうするといつも胸の中に、幸せな温かさと、悲しみの冷たさが満ちてくる。なるべく幸せな部分だけを抜き出して、机の上に大切な宝物をそっと並べるようなイメージで、それを眺める。

でも、うまくいかない。涙が滲《にじ》んでくる。オルゴールが手元にあればいいのに。

雪くん。雪くんは、どういう気持ちでいるだろうか。何を思っているだろうか。ループを抜ければ死んでしまうと、私は今日、言ってしまった。

あなたのいない明日が来るくらいなら、終わらない今日を繰り返せばいいと思っていた。でも嘘の綻びは少しずつ拡がって、もう埋め合わせもできないくらいに、私が作りたかった幸福なループは破綻してしまった。

もう雪くんは、あの公園に来てくれないかもしれない。もう、私と会ってくれないかもしれない。目を閉じていても瞼の間から涙が溢れて零れていく。

でも、それでいいんだ。この世界のどこかで彼が生きているなら、私はまた独りで、灰色の永遠の中を歩いていこう。少し前に戻るだけだ。

大丈夫。何の問題もない。何度も自分にそう言い聞かせても、涙は溢れてくる。それだけ、あなたと過ごしたこのループの日々は、温かくて楽しくて、幸せだった。

やがてまた夜が来て、今日が巻き戻ったとしても、その時間はもう戻らない。

胸が痛い。

寂しい。

「雪くん」

零すように彼の名前を呼んだ。

「桜……？」

私の名前を呼ぶ雪くんの声が聞こえた気がした。そんなはずはない。だって今の彼は私の家を知らない。きっと想い出が生んだ幻聴だ。

「こんな所で、何してるの」

また聞こえた声は幻ではなく、私ははっと顔を上げた。そこには、息を切らして肩を上下する雪くんの姿があった。

「え……なんで、ここに」

「君と、ちゃんと話さないとと思って、でも連絡手段もなくて。とりあえず家に行けば会えるかと思って、でも住所も知らないから、ごめん、学校にいた先生に確認して、何とかここを教えてもらった。土曜でも教師が出勤しててよかったよ。……桜、泣いてるの？」

夢かと思った。でもそうじゃない。もう会えないことを覚悟したのに、こうして会いにきてくれたことが、こんなにも嬉しい。溢れて止まらない涙は、さっきまでの悲しみによるものとは温度が違って、温かい。

「さっきは、怒鳴って、ごめん。訳が分からなくて、混乱して、感情的になってしまった」

私は首を横に振る。謝らなきゃいけないのは、私の方なんだ。

「今はもう落ち着いた。桜が何か隠してるのは、僕のためなんだって、分かる。でも、やっぱり、教えてほしいんだ。受け止めて、理解して、納得して、ちゃんと君と向き合いたいから」

全てを話して、私たちはそれでも、向き合えるのだろうか。分からない。でも、彼が向き合おうとしてくれるなら。

声に変えるために、十二月の冷たい空気を吸った。本当は、私たちは——

その時家の中から、ひと際大きな声が聞こえた。壁越しなので何と言っているかまでは聞き取れない。けれど、悲鳴にも似た、緊迫感のある女性の声。

そうだ、今、この中では。

「何だ？　喧嘩？」と雪くんは家の方を見ている。

「ゆ、雪くん」

彼をここから離さなくては。でも恐怖で体が委縮して、声が出ない。

家の中から、固いものを叩き潰すような低く鈍い音が聞こえた。そしてすぐに、人が床に倒れるような音。ずっと続いていた口論が聞こえなくなった。

「ここ、桜の家だよね。何か起きたみたいだけど、助けにいかないと」

雪くんは玄関の引き戸に手を伸ばした。

「い、行っちゃだめ……」

玄関には鍵がかかっておらず、引き戸は滑らかに開いていく。あの日と同じだ。

開いたドアから家の中に彼が駆け込んでいく。

「待って！　雪くん！」

体を縛り止める恐怖を振り切って、私は彼を追いかけた。

❄
❄
❄

初めて入る桜の家は、不気味なほど薄暗かった。誰かの悪意がそこに滲《し》み出し、溶け込んで立ち込めているように、空気が重く、体に纏《まと》わりつくのを感じた。

玄関を上がると明かりの点《つ》いていない暗い廊下があって、左右にドアが見える。先ほど悲鳴のような声が聞こえたのは、位置的に左側の部屋だ。その部屋のドアは開いており、そこから夕暮れの光が漏れている。

部屋に駆け込むと、十畳ほどのリビングらしき部屋の中央に、四十代くらいに見える細身の大人の男性が立っていて、突然現れた僕を睨《にら》みつけた。

「誰だお前。何勝手に入ってきてんだよ」

僕は硬直し、言葉を失う。視覚や嗅覚で得た情報に、生物としての根源的な拒否反応に似た恐怖を感じた。初めに感じたのは、不快な生臭さだった。

部屋の中は照明がついていないが、窓から夕陽《ゆうひ》の赤い光が射《さ》していて、廊下よりは明るい。だから色々なものが見えた。様々な物が乱雑に散らかった部屋。男性が持っている金属バット。そこに付着した赤黒い液体。

そしてすぐに僕は、先ほど感じた生臭さの正体に気付いた。バットを持つ男性の足元に、人がうつ伏せで倒れている。そしてその倒れている人の頭部から、バットに付いているものと同じ液体が広がっていた。間違いない。あれは血だ。鼻を突くこれは血の臭いだ。これまで見たことのない量の血の色に、目が焼かれたように眩暈がする。心臓が早鐘を打つ音が耳にうるさいくらいだ。

僕の中に生じた衝撃は、ただ殺人の目撃によるものだけではない。頭部から多量の血を流して倒れているのは、女性だった。

さらに、その髪の長さ、見覚えのある服装、近くに落ちているこれも見覚えのあるバッグ。染色を繰り返して傷んだ髪質や明るい髪色は、何日か前に近くで見たものだ。そう、確か、猫カフェから一人で帰った後、生物を透過する自分の体の状態を確かめるためにアパートの寝室で触れようとした──

つまり、要するに。

頭部を金属バットで殴打されて殺され、今僕の目の前で転がっている死体は、僕の、母親、なのだ。

「なんで、母さんが、ここに……」

ったようだ。


「あ？　もしかしてお前」

男性がこちらに歩み寄る。床に広がった血を踏むことを何とも思っていないようだった。

後ずさろうとした時、僕の後ろから桜の震える声が聞こえた。

「雪くん、ここにいちゃ、だめだよ。逃げようよ」

それを聞いた男が突然大声で笑い出した。「あっははははは！」

ついさっき殺人を犯した人のものとは思えないような、陽気な笑いだった。その場違いな笑い声が、この状況の異常さを際立たせていく。

「傑作だなぁオイ。運命ってやつなのかもなぁ」

何を言っているのか分からない。男はなおもこちらに近付いてくる。顔には親しげな笑みを浮かべ、足元ではぬちゃりと血が踏まれる音を立てて。

「でも残念だ。このまま帰すわけにもいかないからな。だからお前らも」そこまで言って男の顔から突然表情が消えた。「死んでくれ」

そして男は、母の血の付いた金属バットを振りかぶって——

[β] *When You Wish upon a Star*

❄

高校の入学式の朝、僕の心や感情を置き去りにして明るく晴れ渡った空や、柔らかな風に吹かれて揺れる満開の桜を、心の片隅で呪っていた。

校門を通る新入生たちは皆どこか緊張しつつも希望に満ちた面持ちで、同伴する親と言葉を交わしたり、「祝・入学式」と書かれた看板の前で写真を撮り合ったりしている。僕は一人で、そんな幸福そうな空気から逃げるように足早に歩いた。

春の陽気であったり、誰かの笑顔であったり、楽しそうな話し声であったり、そういった眩しく光を放つ、彼らにとっては当たり前のものが、自分の割れて欠けた心やそこに深く沈殿する仄暗《ほのぐら》い影を浮き彫りにする。

遥か太古の原始の時から、生命というものは無数の試行を繰り返してきた。光を求める個体、暗がりを好む個体。群れを成すもの、孤立して生きるもの。水中に適したもの、陸を選んだもの。様々な性質を作り出し、どれが存続に適しているかを無意識で選別している。生存に適さないものは淘汰《とうた》され、適したものだけが存続する。

生命の、無数の試行の中の失敗作。僕は自分の命をそんな風に感じていた。

物心つく前に両親は離婚し、兄弟もいない。唯一の家族である母は息子に関心がないらしく、僕は今もこうして一人で入学式に参加している。

僕自身も欠陥品なのだ。昔からずっと、自分の中の大切なパーツが足りていないような感覚を抱え続けている。誰といても何をしていても心のどこかが満たされず、冷たい隙間風が吹き込んでくるような虚《むな》しさがあった。そんな自分を周りの人たちは次第に見放し、気付くと僕はいつだって一人だった。

生命の失敗作である僕は、生きるということに向いていないのだと、ずっと思っている。

そうして始まった高校生活は意外と平穏だった。静かに授業を受け、休み時間には自席で本を読んで過ごし、放課後になれば誰よりも早く下校する。人と関わることがなければ、生きることの不器用さも露呈しないのだと分かった。

学費や生活費のために近所の書店でアルバイトを始めた。接客業というのは苦痛だったけれど、昔から本を友にして生きてきたから、沢山の本に囲まれて働けるのは悪くない。

新しい環境や慣れない労働で疲れたのか、入学から二週間ほど経った頃、熱を出して一日だけ休んだ。幸い、寝ているだけで体調は回復したけれど、翌日登校すると少し面倒なことになっていた。

朝のホームルームの後、担任の教師が僕に言った。

「青峰、お前図書委員になったから、今日から頼むな」

「え？」

僕が休んでいた昨日、委員会決めのロングホームルームがあったらしい。各委員の立候補者は誰一人としておらず、他薦やクジ引きによる押し付け合いで混迷を極める中、図書委員は満場一致で僕の名が出たそうだ。

「お前いつも本読んでるから、そういうの向いてるって皆思ったんだろ。放課後に各委員の説明会があるから、図書委員は図書室に集合だとさ」

僕の反論も承諾も待たず、担任は忙しそうに教室を出ていく。僕は一人、ため息をついた。

放課後、図書室の一角に集められた図書委員は、日々の活動の説明を受けた。各クラスから一名ずつが選出されるため、二クラスしかない一年生は僕を含めて二人しかいない。僕の隣に座り真剣に説明を聴くもう一人の新人図書委員は、大人しそうな小柄な女子生徒だった。ミドルボブの黒髪が頷《うなず》く度にさらさらと揺れ、自信のなさを表すように目元まで伸ばされた前髪の奥に見える瞳が、春の光を受けて優しく光っていた。

「一年二組の、鳴瀬桜です。よろしくお願いします」

自己紹介の時に彼女はそう言って丁寧に頭を下げた。小さいけれど澄んだ声だった。

「桜」という名が、「雪」である自分とは近くて遠いもののように感じた。

「一年一組、青峰雪、です。よろしくお願いします」

「雪って珍しいね。女の子みたいな名前でかわいい」と先輩の女子生徒が言う。もう言われ慣れてしまった反応だ。

「桜ちゃんと雪くんか。風流な名前の一年同士、仲良くやってね」

そう言われて鳴瀬さんの方を見ると、目が合ってしまった。彼女は顔を赤くして視線を逸らす。釣られて僕も視線の先を変えると、こちらを見てにやにやと笑う先輩の顔が見えた。何だっていうんだ。

図書委員の目的は、図書室の運営と生徒への読書の推進活動だ。宣伝や広報は先輩が担当しているため、僕ら一年生の図書委員の活動はカウンター業務が大半を占めた。昼休みや放課後に当番制でカウンターに座り、本の貸し出しや返却の対応を行う。

とはいえ図書室の利用者はめったにおらず、大抵は鳴瀬さんと二人で本を読んで過ごしていた。教室は騒がしかったりするので、静かな場所で正当に本を読めるこの時間を、僕はすぐに気に入った。この世界で自分の居場所をようやく見つけられたような心地だった。欠席裁判で図書委員を僕に押し付けたクラスメイトたちに感謝したいくらいだ。

桜の花が全て散って青葉が茂る五月、初夏の穏やかな空気が、開けた窓から図書室に優しく吹き込んでくる。放課後の図書室の利用客は二人しかおらず、机に突っ伏して眠っているのと、椅子に座って気だるげにスマホをいじっている生徒だけだ。

外からは運動部の掛け声が聞こえ、どこからか吹奏楽部の練習の音も微かに耳に届く。その控えめな騒音もＢＧＭになって、この部屋の静けさを引き立てているように思う。

僕は鳴瀬さんと並んでカウンターの内側の椅子に座り、入荷したばかりの推理小説の文庫本を開いていた。鳴瀬さんはハードカバーを大事な宝物のように持って、ゆっくりと丁寧に読んでいる。二人がページをめくる音が、静謐《せいひつ》な森に吹くそよ風の起こす木々のささめきのように、心地よく耳をくすぐる。

ここに座っている時間は、不思議と心に隙間風が吹かない。生まれて初めて体の内側が満たされているような感覚を、僕は味わっていた。今まで自分には縁のないものと思っていた、遥か遠くで朧《おぼろ》げに煌めく「幸福」という言葉が持つ意味を、きっとこういうものなのかもしれないと、手を伸ばせば届きそうな距離として想像できるくらいに、僕はこの時間が好きだった。

緊迫した一章が終わって息をついた時、鳴瀬さんの視線が僕の手元に向けられていることにふと気付く。

「どうかした？」

「あっ、その」

彼女は慌てたように視線を自分の本に戻した。

「何を、読んでるのかな、と思って」

「ああ」僕はカバーを鳴瀬さんに見せてタイトルを読み上げた。

「あ、それ、最近出たばかりの新作だよね。六年ぶりの長編って」

「そう。作者知ってるの？」

「うん、何冊か読んだよ」

カウンター内での会話は、図書室利用者の邪魔にならないよう極力声量を抑えて囁くように話す。

鳴瀬さんと二人でカウンター業務をするのはもう何度か経験したけれど、ちゃんと言葉を交わすのは初めてだった。もちろん挨拶くらいはしていたけれど、黙っていても許されるような状況と静けさが心地良くて、会話をしたことがないという事実を忘れるくらい、隣で座っていることが自然に感じていた。

もっとその声を聞いていたくて、僕も訊いてみる。

「鳴瀬さんは何を読んでるの？」

彼女も手に持っているハードカバーの表紙を僕に見せた。水無月《みなづき》のラプソディア、と書いてある。夜の草原に立つ後ろ姿の女性が、鳥が翼を開くように両腕を広げている、そんな装丁だった。著者名を見たが、知らない作家だ。

「この、月待燈っていう作家さんの物語が好きなんだ。まだ大学生なんだって。私たちとそんなに年が離れてないのに、すごいなって思う」

「へえ、面白い？」

「うん」と彼女は力強くうなずいた。「読み終わった後に胸に残る、寂しいんだけれど幸せなような複雑な気持ち。読後感っていうのかな。それが、この人の物語が一番私に合ってるんだと思う」

彼女が絶対的ではなく相対的な評価をしていることに好感を持った。作品の良《よ》し悪《あ》しは、結局それに触れる人の好みに合うかどうかだと僕は思っている。自分にとって面白かったからといって、他者にも合うとは限らない。自分にとってつまらなかったからといって、その作品が劣っているというわけではない。だから万人に受けるものなんてなくて、「全人類読むべき」とか「全〇〇が泣いた」とかそういう大袈裟《おおげさ》な宣伝文句を僕は全く信用していないし、堂々と謳《うた》っていたら白けもする。

今こうして隣に座っている、鳴瀬桜という個人の好みに一番合うというその作家の本を、僕もいつか読んでみよう。そして彼女の心を震わせたその物語が、僕という個人の好みにも一致するといいな、と考えた。

その後、お互いの好きな作家や良かった本について盛り上がった。大人しく消極的な人という第一印象だったけれど、好きなものを語る鳴瀬さんは活《い》き活《い》きと表情を変化させながら楽しそうにしていて、そんな彼女を見ている僕も楽しくなっていた。

不意に、ノックのようにコンコンとカウンターを叩かれる音を聞いて、僕は慌てて立ち上がる。

「すみません、貸し出しですか？」

しかしそこにいたのは図書委員の先輩の女子生徒だった。

「仲良きことは美しきかなだけど、もうすぐ下校時間だから閉室対応忘れないようにね」

にやにやとした薄ら笑いを浮かべながら先輩は言って、手をひらりと振ると図書室を出て行った。室内にいた二人の利用客もいつの間にかいなくなっている。そんなにも他者との会話に没頭していた自分に驚いた。

鳴瀬さんの方を見ると彼女も呆然とした表情をしており、それがなんだか無性に愛しく感じた。目が合うと照れくさくて、おかしくて、二人で笑った。

❄

気の合う人が身近にいるということ。自分の中に病的に巣食っていた虚無感が、その人の前では発生しないということ。そしてその相手も、僕といる時間を楽しんでくれている、ということ。その事実は、僕の人生の意味を劇的に変容させた。

それまでは、目的も意義もなく、ただ時に押し流されるままに生きてきただけ。胸の中に重く冷たい鉛のような仄暗い塊を抱えている気分だった。そして、これが生命の失敗作である自分なのだと、仕方ないことなのだと、諦めて生きていた。

でも、鳴瀬さんと二人で過ごす時間——二人で隣に座って静かに本を読んだり、たまに物語の感想を言い合ったり、天気や授業内容なんかの雑談をして笑い合ったりするような時間は、穏やかで温かくて、心地よくて、自然で、そして、幸福だ。

「青峰くん」

彼女がその透き通った声で、僕の名を呼ぶ。

昼休み、図書室のカウンターの陰で、今日も二人で座って本を読んでいる時だった。

「なに？」

彼女といると、自分の中の魂の欠落がまるでなかったもののように感じる。自分がようやくヒトという種の一員として仲間入りできたような、大げさではなく、そんな気分なんだ。

「もし、青峰くんが、よければなんだけど」

「うん」

鳴瀬さんは少し言いにくそうにうつむいた。髪に隠されて表情が見えなくなる。

「もし、嫌だったら、聞き流してほしいんだけど」

「うん」

「私たちって、こうして、カウンター当番の時に図書室で会ってるでしょ？」

「そうだね」

「それって、つまり、その時間以外は、私たちは会ってないということでしょ？」

「うん？　そうだね。クラスも違うしね」

「私は、今のこの時間が、とても心地よく感じています」

「それはなによりだね」

「それは、多分、場所とか、こうして本を読んでいる時間とかじゃなくて、大事なのは、誰と一緒にいるか、だと思うんです。だから、その、提案なんだけど」

両手に持っていた本で口元を隠して、前髪とハードカバーの隙間からこちらの表情を窺《うかが》うような視線を僕に向け、鳴瀬さんは続けた。

「当番じゃない時も、二人で会いませんか？」

この時感じた胸の痛み。その苦しく甘やかな痛みの正体に人類が付けた美しい名前を、僕は後で知ることになる。

その日から僕らは、カウンター当番の日に限らず、二人で会うようになった。昼休みは図書委員の特権で、昼食を図書準備室に持ち込んで食べた。弁当を毎朝僕が作っていることを知ると、鳴瀬さんは驚いた。

「すごいね、大変でしょ？」

「うちは母が放任というか、ネグレクトというか……とにかく何もしてくれないから、全部自分でやるしかないんだ。その上貧乏だから、少しでも節約しないとだし」

「そっか。私も見習って料理してみようかな」

そう言って鳴瀬さんは、購買で買ったというパンを頬張った。

翌日、さっそく彼女は弁当箱を持参し、おかずの交換を行った。彼女が作った卵焼きは、なぜだか懐かしい味がした。

別の日、誕生日の話題になった時、僕たちの生年月日が同じであるという事実を知った。つまり、僕も、鳴瀬さんも、十五年前の三月十四日にこの世に生を受けたということだ。

「すごい偶然。時間まで同じだったりしてね」と鳴瀬さんは感心しながら言った。

「自分が何時に産まれたかまでは知らないよ」

「産院が同じだったりして？」

「どうだろう。鳴瀬さんの家はどの辺なの？」

彼女の説明によると、彼女の家は僕の住むアパートからこの学校を挟んで反対側の町にあるらしい。

「それなら産院も違うだろうね」

「そっか。同じ日に産まれた赤ちゃんが取り違えられる物語とかあるから、そういうの想像しちゃった」

「現実が小説より奇であることはとても稀《まれ》だと思うよ」

「でも、もしそうなってたら、自分の人生はどうなってたかな、とか想像することない？」

「僕はそんなに想像力豊かじゃないな」

「私がさっき思ったのは、私が親だと思ってる人は本当は青峰くんの親で……って、ごめん、こんな想像よくないね。忘れて」

鋭い痛みを慌てて微笑で取り繕ったような顔で、鳴瀬さんはそう言った。その想像の物語の続きを聴いてみたかったけれど、彼女の表情から、触れてはいけないような空気を感じた。


そんな風にして二人の時間を重ねる日々の中、いつもの図書準備室で僕は気になっていたことを訊いた。

「こうして毎日僕と会ってるけど、友達と過ごしたりしなくていいの？」

少しだけ悲しそうな顔をして、彼女はうつむいた。

「私、友達いないんだ」

「え、そうなの」

「クラスでも、いつも一人。だからこの図書室は、唯一の自分の居場所って感じする」

僕だって同じ境遇なわけだが、鳴瀬さんがそうなのは意外だった。大人しくはあるけれど人当たりがよく、誰とでも馴染めそうに思っていた。

「昔から、生きるのが下手で。自分の思いとか気持ちを、うまく言葉にできなくて。言葉にできても、それを言う勇気もなくて。だから友達も作れなくて、独りぼっちで、これまで生きてきたんだ」

「今こうして話していても、とてもそんな風には思えないけど」

「なんかね」

そこで彼女は顔を上げた。図書準備室に射し込む初夏の優しい陽射《ひざ》しの中、鳴瀬さんは僕を見て、恥ずかしそうに微笑んだ。

「青峰くんといる時だけは、自然体でいられる気がするんだ」

また、締め付けられるような胸の痛み。この頃には僕はもう、この痛みに付けられた名前を知っていた。

悲しいほどに苦しくて、泣きたいくらいに幸福な。
嬉しくて、不安で、もっと進みたくて、でも怖さもあるような。
複雑で、厄介で、それでいてとても単純で純粋な。
ありふれていて当たり前で、でも世界の意味が変わるくらい特別な、感情。
これが、初恋、というものの痛みなのだと、僕はもう知っていた。

❄

じめじめとした梅雨が明け、蒸し暑い夏が来て、長い夏季休暇が始まる。連休中は図書委員の仕事はなく、僕と鳴瀬さんは市の図書館で会って、自習室で宿題を片付けつつ、筆談で語り合った。思えば、誰かと過ごす夏休みなんて初めてだ。これまでの僕はなんて寂しい人生だったのだろうと、我ながら驚きもした。僕たちは、心の中の冷たい孤独の塊を互いの手で溶かし合うように、まるで恋人のような頻繁さで逢瀬《おうせ》を重ねた。

夏が終わると過ごしやすい秋が来て、図書準備室の空気も透明な寂寥《せきりょう》に澄んでいく。生命の熱気が満ちるような夏の空気は、僕には少し生き苦しい。だから冬に近付くにつれ、呼吸が楽になっていくように感じる。

植物が死に、昆虫が死に、獣は長い眠りにつく、冬。そんな死の季節に生きやすさを感じるのは、僕がそこでしか存在できない「雪」の名を持って生まれたからだろうか。

ともかく僕は、心地よく満ち足りた季節を鳴瀬さんと歩んだ。彼女と図書室で過ごす穏やかな時間が僕の人生のメインイベントで、それ以外の、クラスでの授業時間や、書店でのアルバイトの時間や、アパートでの寝食の時間は、そのメインイベントを迎えるための準備期間のようにすら感じていた。相変わらず胸の奥に初恋の痛みを秘めたまま、その痛みも楽しむように。

短い秋はあっという間に終わり、僕の住む町にも冬が訪れた。関東圏で滅多に雪は降らないが、その日は例年より早く、十二月六日の初雪だった。

放課後の図書室でカウンターの内側に座り、鳴瀬さんと窓の外に降る白い雪を眺めていた。

「雪、積もるかな」と彼女が静かに言う。

図書室は当然明かりが点いているとはいえ、窓の向こうは既に薄暗い。雪によって騒音が吸収されて、部屋の中は弱々しいエアコンの音だけが満たすくらいに静かだ。

「明日から晴れの日が続くみたいだから、積もってもすぐ溶けるだろうね」

「そういえば、青峰くんの下の名前、雪、だったよね」

「あまり自分の名前好きじゃないんだけどね」

「え、どうして？」

「女の子っぽい響きだし、冬が終われば消えちゃうような儚《はかな》い存在じゃないか、雪って」

「そうかな」

彼女はまた、窓の向こうに視線をやる。

「綺麗で、幻想的で、優しくて、私は好きだよ、雪」

違うと分かってはいても、その言葉が僕という存在に向けられたもののように思えて、顔が熱くなってしまいそうだった。エアコンの温度設定が低いことに感謝した。

「それに、私の名前だって、すぐに散ってなくなっちゃうような短命の花だよ」

僕は、満開の桜の花が風に吹かれて舞い散る光景を想像する。それは雪の降る姿とどこか似ていて、相容《あいい》れないものだとしても、二つは見えない部分で深く繋がっているように思えた。

「綺麗で、幻想的で、優しくて、僕は好きだよ、桜」

鳴瀬さんはうつむいて、髪で顔を隠した。感情が良くも悪くも揺れた時に彼女はそうする癖があることを僕は知っている。

「ありがとう。なんか、照れるね」

この図書室が世界の全ての憂いから切り離された優しい方舟《はこぶね》になって、君とどこまでもいられたらいいのに。そう思う。

「あのね、青峰くん、私やってみたいことがあるんだ」

「なに？」

「流星群観測」

彼女の説明によると、翌週の十二月十四日、ふたご座流星群の極大日が訪れるらしい。最近読んだ本でその流星群が取り扱われていて、どうしても見てみたくなったそうだ。

「観るには夜に外に出ないとだけど、一人だと危ないし、心細いから……もし、青峰くんがよければ、一緒に観ませんか？」

僕は迷うことなく快諾した。好きな人と二人で流星を見上げる、それはなんて魅力的なイベントなのだろう。

当日は金曜日のため、学校が終わったら一度帰宅して、夕食後に出ることを決めた。明かりの少ない場所で観測するため、学校の近くの広い公園に行く。鳴瀬さんの言う通り夜に彼女一人で歩かせるのは危ないから、僕が家まで迎えに行き、帰りも家まで送ることを約束した。鳴瀬さんは申し訳なさそうにしていたけれど、一分一秒でも長く一緒にいたい僕には、苦でもないことだ。

当日は幸いに快晴だった。図書委員の仕事を終えて、二人だけの秘密の約束を確かめ合うみたいにうなずいて鳴瀬さんと別れ、一度帰宅する。簡単な夕食を作って一人で食べた僕は、コートとマフラーでしっかり寒さ対策をして、アパートを出た。冬の風は今日も冷たくて、首に巻いたマフラーを口元まで引っ張った。

何度も地図を見て頭に叩き込んだ道を歩き、鳴瀬さんの家の近くの待ち合わせ場所に向かう。冬の夜に待たせないように早めに家を出たつもりだったけれど、それでも先に鳴瀬さんが待っていた。

「ごめん、待たせちゃって」

「ううん。楽しみ過ぎて早く家を出ちゃった」

そういって小さく笑う、グレーのダッフルコートに身を包み臙脂色のマフラーを巻いた鳴瀬さんは、普段より少し興奮しているように見えた。街灯の明かりを宿した瞳が、星空のように綺麗だった。

他愛ない雑談をしながら、目的の公園まで歩く。二人の息が白く立ち昇って、溶け合って、冷たい夜空に消えていく。

夜の公園はしんと静まり返ってひとけがなく、街灯も疎《まば》らにしかない。中央にある池は闇を飲み込む巨大な穴のように見えて少しぞっとした。

丘のように盛り上がっている芝生の上まで歩き、そこに二人で寝転ぶと、鳴瀬さんが「わあ」と感嘆の声を出した。辺りに木や建物や照明もなく、邪魔するもののない視界の果てに、どこまでも星空が広がっている。こんなにきちんと夜空を見上げたのは初めてかもしれない。星なんて興味もなかった僕にも、冬の大三角やオリオンなど有名な星座の位置が分かるくらい、星々の輝きが鮮明に見えた。

「冬の大三角、分かる？」

僕の右隣に寝転んだ鳴瀬さんが、左手の人差し指で夜空を指し示しながら言った。

「うん、分かる」

「そのちょっと上に、明るい星が斜めに二つ並んでるのが分かるかな」

「うーん？」

曖昧な返事をすると、鳴瀬さんが体を寄せてきた。互いの肩が当たる程の、息が止まりそうな距離に、心臓が甘苦しく締め付けられる。彼女は再び左手を上げ、夜空を指さす。その指先が描く美しい直線の先を、僕は注意深く見つめた。

「ほら、オレンジ色の明るい星の、そのちょっと右上に、白い星があるでしょ」

「ああ、今分かった」

彼女は上げていた手を下ろした。

「あれが双子座。オレンジの方が弟のポルックスで、白い方が兄のカストル」

「弟の方が光が強いんだね」

「うん。二人はゼウスの子供なんだけど、兄は人間で、弟の方だけ神様の力を持って生まれたんだよ」

「へえ。それで兄が弟に嫉妬するの？　カインとアベルみたいに」

違うよ、と鳴瀬さんは笑いながら言った。

「二人はとっても仲良しなんだよ。文武両道のすごい兄弟で、戦いでも大活躍するんだけど、ある戦いの中で、兄のカストルが死んじゃうんだ」

「兄は普通の人間なんだもんね」

「そう。弟は兄の死に嘆き悲しんで、自分も死のうとするんだけど、神の体だから死ぬことができない」

「うん」

「だから弟のポルックスはゼウスにお願いするんだ。自分たちは生まれた時も一緒だった。これまでもずっと二人で生きてきた。だから、死ぬ時も一緒にしてくださいって」

「壮絶な兄弟愛だね」

「うん。ゼウスはその願いを聞き入れて、ポルックスの命も終わらせた。そして二人を夜空に上げて、永遠に一緒にいられるように星にしたんだって」

兄の死を悲しみ、自分も死のうとする弟の心理が、兄弟姉妹もおらず孤独に生きてきた僕には想像もできなかった。けれど、仮にその死別の相手が、今僕の隣にいる女の子だと考えたら、その気持ちは痛いくらいに理解できた。

君は僕の光。生きる理由そのもの。君がもしいなくなるのなら、僕にとってこの世界は何の意味もない。

辺りが静かなのと、腕が触れ合う距離にいることで、鳴瀬さんが発声のために息を吸う音が聞こえた。僕は双子座の光を眺めながら、彼女が話す言葉に耳を澄ました。

「神話だから当然実話じゃなくて作り話なんだけど、その話を知って、そういう関係性っていいなって思ったよ」

「相手が死んだら、自分も死にたいと思えるような？」

「うん。人によっては、ただの共依存だって言う人もいるかもしれない。でもそれくらい大切に想える相手がいるって、幸せなことだと思う」

僕は、古代アテナイでアリストパネスが語ったという二体一身について思い出していた。原始時代の人間は、男男、女女、男女の三種がいて、背中合わせで二体一身の生物だった。しかし驕《おご》った人間が神に挑み、神の怒りを買い、二つに切り裂かれた。それ以来人間は、寂しさと懐かしさと憧憬の中で、一つだった頃に戻りたくて、引き裂かれた自分の片割れを探し続けている、という。

その話をしたら、彼女は静かにこう言った。

「それって、半分のオレンジと似てるね」

「半分のオレンジ？」

「スペインのことわざで、『あなたは私のオレンジの片割れ』っていうのがあるんだって。半分に切ったオレンジは、もう片方のオレンジとしかぴったりくっつかないから、運命の相手への愛情表現として使うみたいだよ。素敵だよね」

半分に割れた僕の心の断面が、熱く疼《うず》いている。切り裂かれた僕の片割れが、君であればいい。僕のオレンジの半分は君だよと言ったら、どうなるだろうか。ちょっとキザ過ぎるかな。でも二人で並んで夜空を見上げる今の状況は、それも許されるような――

視界の中央で、夜の闇を切り裂くように白い光が線を引いて走った。

あ、という驚きの声が、鳴瀬さんと重なった。

「今、流れたね」と彼女が言う。

「うん、僕も見えた」

「多分、これからどんどん増えるよ」

「楽しくなってきた」

「私も」と少し弾んだ声で、鳴瀬さんは囁くように言った。

「……ところで、寒いですね、青峰くん」

「まあ、冬だからね」

「私はもう手がかじかんでます」

「手袋持ってないの？」

「家にはあるけど、持って来ませんでした」

「なんで敬語なの？」

「だから、その……手を、繋いでみませんか」

差し出された彼女の左手を、大切な宝物に触れるように、僕は右手で包み込んだ。その手は冬の冷たい空気に冷え切っていて、けれどその奥に命の存在を確かに感じさせるような温かさを内包していた。どちらからともなく指を絡めて、握り合う。心の断面が燃えるように熱い。今のこの時間が、永遠に続けばいいのにと思う。

見上げる夜空に、星が流れる。一つ、二つ、三つ。空が零した涙のようでもあるし、希望が散らす火花のようでもある。僕らはもう声を出さずに、まるでこの星に残された最後の二人であるかのようにしっかり手を繋ぎながら、しばらく黙ってそれを見ていた。

「私ね」と、囁くように彼女が言う。

「星に願いを、っていう曲が好きなんだ。知ってる？」

「うん」

「自分がいくつだったかも覚えていないくらいの小さい頃、映画を観たの。映画館とかじゃなくて、自分の家の、暗い部屋の隅に置かれた、小さなテレビの画面で。初めて観る映画の中でその曲が流れて、私、気付いたら泣いてたんだ。声も出さずに、静かにぽろぽろって。優しく包み込むようなメロディで、星に祈れば願いは叶うって、そっと教えてくれているようで。多分、私、」

そこで鳴瀬さんは、躊躇うように一度口を噤んで、ゆっくりとした呼吸を一つ挟んでから、言った。

「寂しかったんだ」

涙みたいな星が一つ、空に流れた。

「ちっちゃくても、分かってたんだと思う。お母さんは私を産んですぐ死んだって言われてたし、お父さんは私を好きじゃないみたいだし、自分がどうしようもなく一人ぼっちだって、分かってたんだ。自信がなくて、話し方も笑い方も分からなくて、誰かと仲良くなれなくて、ずっと自分が、半分欠けた不良品みたいに思ってた。だから、願いはいつか叶うよって、世界の秘密みたいに教えてくれるその歌が大好きになって、寂しい時とか、つらい時、頭の中でいつも流してた。ホントに星に願ったことも、何度もあるよ」

僕の右手を握る彼女の左手が強められた。迷子になることを怯《おび》える小さな子供のようで、僕もその手を強く握る。

「私、今、願いが叶ったんだって思ってる。でも、欲張りだね。今度はこの幸せが、ずっと続けばいいって願ってる。私の、半分に切られたオレンジの片方が、あなただったらいいなって、思ってる」

僕は手を繋いだまま体を起こし、彼女に覆いかぶさるような姿勢になった。星影の下で見る彼女の瞳は涙を湛えていて、そこに夜空が映り込み、いくつかの流星が見えた。

欲張っていいんだよ。多分君は、ずっと一人で我慢してきたんだ。他の人が当たり前に享受してきた幸せを与えられずに、これまで生きてきた。だからその分の幸せを、僕が全部あげよう。僕だけじゃ足りなければ、二人で一緒に探そう。この幸せをずっと続けよう。僕の魂の片割れは、君なんだ。

胸の中にいくつもの感情が止めどなく溢れる。でもどんな想いも、言葉を与えて口にしてしまえばその瞬間に陳腐なものになってしまうような気がした。この心を一つの誤解もすれ違いもなく完全に伝えるには、僕の知る言葉はあまりにも頼りない。

だから僕は、凍えるような冬の、無数の星が流れる夜の下で、この心を満たす感情の全てが伝わるよう強く願いながら、君にそっと、キスをした。

❄

三月十四日は、僕らにとって特別な日だ。なぜなら二人がこの世界に産まれた日、つまり、誕生日だからだ。これまで誕生日というものをまともに祝われた経験のない僕は、他の日と何ら変わらずただ経過するだけの一日だった。でも桜の「お祝いしよう」の一言で、カレンダー上のその日の数字さえ光を放つように意味を変えた。

彼女に贈るプレゼントをどうしようかと僕は数日悩みに悩んだ末、立ち寄った雑貨屋で運命的に出会ったオルゴールボックスを購入した。手の平に乗るサイズの、飾り気のない簡素な木製の箱だが、蝶番で止められた蓋を開けると、流星群の日に彼女が好きだと言っていた「星に願いを」が流れることが決め手だ。貧乏学生には躊躇われる約五千円という金額だったが、この日ほどアルバイトしていてよかったと思うことはなかった。

当日は、池の公園で待ち合わせて、プレゼントを渡した。喜んでくれるか不安はあったけれど、彼女は嬉《うれ》し涙《なみだ》を流すほど喜んでくれて、あげたこっちも嬉しくなる。僕がもらったのは、腕時計だった。

「いつもちょっとずつ遅れるって言ってたから、新しいのをあげたいなって思ってて……どうかな？」

スマホを持っていない僕はいつも腕時計を着けている。随分前に母が仕事場で客からもらったものを、私はいらないからと渡されたものだった。幼い頃は「大人が持つアイテム」というその特別感に魅入られていたけれど、今ではもう「時間が分からないと不便」という理由と惰性だけで装着していた。古くなっているのか、安物なのか、それは一日ごとにだいたい六秒ほどの遅れが発生して、たまに時間を合わせてやる必要があり、その不便さを桜に話したことがあった。

包みを開け、箱から丁寧に取り出し、左手首に巻く。黒いレザー風のバンドに、銀のベゼル、シンプルな白の文字盤に黒い数字が並んで、秒針が優しく丁寧に時を刻んでいた。

「ありがとう、かっこいい」

「よかった、随分悩んだんだよ」

彼女が悩み、選んで、買ってくれたもの。それが左手首にあるということが、幸福の約束のように思えた。僕はその腕時計を毎日着けて、夜は学習机の鍵付きの引き出しに、このアパートの中にあるどれよりも価値ある物として大切にしまった。

冬が明けると、僕たちは高校二年生になった。同じクラスになることはなかったけれど、事前に二人で決めていた通り、委員会決めでは図書委員に立候補した。僕たちが、「同じ委員会の同級生」から「恋人」という関係性に変わっても、図書室で過ごす時間は変えたくなかった。

穏やかで楽しい日々は早く過ぎる。一緒に流れ星を見た公園の、池の見えるベンチを二人の待ち合わせ場所にして、僕たちは毎日のようにデートをした。春は青空に映える桜を見て、梅雨は二人で傘をさして公園に咲く紫陽花《あじさい》の艶やかに濡れた花びらを眺めた。夏は海に行って人の多さにうんざりし、ひとけのない岩場の陰で密《ひそ》やかにキスをした。秋は綺麗に染まった紅葉の落ち葉を探して栞《しおり》にした。日々愛しさは募り、心は溢れるくらいに満たされていく。その全ての時を、彼女がくれた腕時計と共に過ごした。

ずっとこんな日が続くのなら、この世界は何て素晴らしいのだろうと、僕は単純に思っていた。幸福の輝きに目が眩《くら》んで、その影にある暗闇を見落としていた。

世界がそう単純ではないことを改めて思い知ったのは、僕たちが恋人になってちょうど一年が経った日。つまり、僕が桜と高校で出会ってから、二度目の十二月十四日だ。

その日は土曜日で、僕たちはいつものように池のある公園で待ち合わせてデートをしていた。桜は少し元気がないようだったけれど、僕はその理由を訊けないまま、少しでも楽しい雰囲気にしようと今夜の流星観測の予定について話したりしていた。

桜がそれを言ったのは、夕方、僕のアパートから彼女の家まで送るために二人で手を繋ぎ歩いている時だった。桜が僕のアパートに行きたいと言ったのは驚いたし、ずっと何か不安を抱えているような様子なのが気がかりだった。でもそれを遥かに上回るくらい、初めて触れ合った柔らかな肌の感触や、彼女の体の幸福な温かさ、そして自分に宿る獣のような欲望が愛情に溶けていく余韻――それらが全身を甘く支配していた。

「……雪くん、ちょっと変なこと訊くんだけど」

「うん」

「雪くんのお母さんは、子供にお金を要求してきたり、する？」

「いや、ないよ。そもそもしばらく顔も合わせてないや」

「そっか」

何か話が続くと思ったけれど、桜はそこで口を噤んだ。

生活が苦しい家であれば、高校生の子供がアルバイトでもして家庭にお金を入れるということもあるだろう。うちも貧乏だけど、自分の生活費は自分で稼いでいるから、親から要求されたことはない。

彼女は父親と二人暮らしだと以前聞いた。今の話から想像するに、桜も父親からお金を要求されたとかだろうか。それなら一緒にバイト先を探してもいい。何なら僕が働いている書店で一緒に仕事するのも素敵だ。

でも、きっと、そうじゃない。それだけじゃない何かが、桜の沈黙から伝わってくる。

「……何か、あった？」

桜は言いにくそうにうつむいた。流れる髪が彼女の表情を隠す。

「……多分、お父さんは、私を、お金を稼ぐための道具としか思ってないんだ」

僕の手を握る力が強められた。

「ねえ、雪くん」

「ん？」

「例えば、なんだけどさ」

「うん」

「私を、どこか遠くに誘拐してって言ったら、やってくれる？」

足が止まりそうになった。その言葉の裏に、彼女を追い詰める何か大きく暗いものが隠されているように思えた。それを聞き出すべきなんだろうか。でも明言しようとしないのなら、話したくないことなのかもしれない。

少しでも桜の気持ちが晴れるように、努めて明るい声で答えた。

「もちろん。海でも山でも南の島でも、どこにでも君を連れていくよ」

ふふ、と桜が笑うのが聞こえた。

「なんかそれ、雪くんのキャラじゃないかも」

「え、そう？」

「ちょっとムリしてるのが分かるよ」

「う……」

「現実ってそう簡単じゃないもんね。どこか遠くに行ったたって、生きていくためにはお金が必要だし、仕事するにしても、私たちはまだ子供だし。住む場所を借りるのだって、親権者の同意が要るみたいだし」

自分の無力さに、胸がギシギシと軋むように痛む。

絶望に追い込まれた女の子を主人公が攫《さら》って、二人で旅立つ逃避行。青春のボーイミーツガール。そういった物語は多くある。

　僕も桜の願いなら何でも叶えてあげたいと思う。でも現実は、僕は自分の生活ですら手一杯の貧乏学生だ。今の学歴やバイトを全部放り投げて短絡的に逃避することならできる。でも結末が用意された物語とは違って、命が終わるまでこの現実は続いていく。逃げた後はどうなる。生活はどうする。アルバイトを見つけたとしても、それで一生やっていけるのか。それで桜を本当に幸せにできるのか。捜索願が出されたらどうする。誘拐犯として指名手配でもされたらどうする。こうやってうじうじと考えてしまう僕は、物語の主人公にはなれないのかもしれない。

「でも、私のために言ってくれたんだよね。ありがと。変なこと訊いてごめんね」

　桜の横顔は微笑んでいるけれど、無理をしているような気がした。ここで彼女の手を無理にでも引っ張って、行き先も未来も決めぬまま電車に飛び乗れば、彼女の心を覆う暗雲を振り払えるのだろうか。

　その後、何も言い出せないまま歩き、桜の家の前まで辿り着いた。僕たちは繋いでいた手を離し、今日の別れを言うために向かい合う。けれど桜は黙ってうつむいたままだった。夕陽が僕らの足元から長い影を落としていた。

　帰りたくないなら、もう少し歩こうか。そう言うために息を吸う。その時、彼女の家の中から、激しい言い合いのような声が聞こえた。壁に阻まれて細かな言葉は聞き取れなかったけれど、男女が怒鳴り合っているようだ。桜も驚いたように顔を上げ、僕たちは目を見合わせた。

「誰か来てるの？」と僕は訊く。

「さあ。うちにお客さんなんて来た事ないけど」

ガシャン、とガラスが割れるような音が家の中から聞こえた。桜がびくんと体を震わせた。

「……様子を見に行こうか」

僕の提案に桜は「危なくないかな」と不安そうな表情をした。

「危なそうだったらすぐに逃げて警察を呼ぶよ。桜はここで待ってて」

玄関ドアの方に歩き出した僕の後ろから、「私も行く」と言って桜がついてくる。

ドアには鍵がかかっておらず、スムーズに開いた。初めて入る桜の家は薄暗く、乱雑に並んだ靴の中に、どこかで見覚えがあるような女物の靴が脱がれているのが見えた。

家の中に入ったことで言い合いの言葉がさっきよりも鮮明に聞こえるようになった。

声は廊下の左側にある部屋から聞こえてくる。そこは扉が開け放たれ、夕陽の明かりが暗い廊下に漏れ出ている。中の様子を窺えないかと、壁に身を寄せた。

「あんたは昔からそうだよ。大したことない人間のくせに、いつだって自分が世界の中心だと思ってて、気に入らないことがあれば恫喝《どうかつ》か暴力で相手を従わせようとする。それで世の中何でも思い通りにいくと思ったら大間違いだからね」

女性の声に、相手が舌打ちで応える。男性の方がきっと桜の父親なのだろう。

「俺が気に入らないんならさっさと出てけよ」

「ええ気に入らないわよ。あんたが気に入っててあたしがここに来てるなんて思わないでほしいね。これまで電話とかメールで何度も言ってきたけど、約束してる養育費をいい加減出しなさいってこと。あと桜をあたしが引き取るって件はちゃんと考えてるの？」

僕は隣に立つ桜と顔を見合わせた。今の話の内容的に、女性は桜の母親なのだろうか。母親は桜を産んですぐに死んだんじゃなかったのか。それに桜は父親と暮らしているのに、養育費とはどういうことだろうか。

「私の、お母さん……？」

そう呟《つぶや》いて歩いていこうとする桜の腕を摑んで止めた。今出て行くのは得策ではないように思えた。

「桜の親権は俺が持ってるだろうが」

「そうだけど、ちゃんと父親としてやってるのって言ってんの」

「ふん、まともな母親もしてないお前に言われたくないね」

「あたしは心を入れ替えたんだよ」

桜の父親は大声で笑った。

「人間なんてそう簡単に変わらねえよ。俺もお前も、生まれてから死ぬまでクズのまだ」

「あんたと同じにしないでほしいね。そもそもあんた、まともに働きもしないで、お金はどうしてんのよ」

「金なんてある程度は引っ張ってこれる。それにこれからは桜にも稼いでもらうさ。若い女を買いたがる金持ちのおっさんは多いからな。もう何人か話は通してある」

衝撃と怒りで体中の血液が沸騰しそうに感じた。桜の方を見ると、彼女はうつむいて、髪で表情を隠している。今日元気がなかったこととか、僕の部屋に行きたがったこと、そこでの何かに焦っているような彼女の言動なんかが全て今の話に繋がったように思えて、眩暈がした。

「はあ？　何それ！　最っ低！」と女性が声を荒げる。

「金を稼がないなら高校は辞めさせるし家を出て行くように言ってある。一人じゃ生きられないあいつに、他に選択肢はないさ」

「普通に犯罪でしょそれ。娘を何だと思ってんの！」

「桜をここまで育てるのにいくらかかったと思ってんだ。投資した分はきっちり稼いでもらわんとな。それに娘なんて俺にとっちゃ他人なんだよ。他人は便利に使ってなんぼだ。そういう訳だから金づるを渡すつもりはない。お前も養育費とかセコいこと言ってないで、さっさと息子を働かせればいいだろう。ああ、なんて名前だったっけ？」

「自分の子供の名前くらい覚えておけよ。雪、でしょ」

初めから嫌な予感はあった。もう何年も聞いてなかったから、その声を忘れていた。いや、聞き覚えはあっても、認めたくなかった。だから考えないようにしていた。

視界がぼやけ、足元がぐらつく。呼吸が乱れる。自分の中の常識や想い出や愛情までもが、音を立てて崩壊していくような感覚。

「ねえ、どういうことなの」と桜が震える声で言い、僕のコートの袖を掴む。

きっと桜も理解はしているだろう。でもすぐに受け入れられない。感情が拒絶している。

だって、そうだろう。

愛した人が。今日抱き合った人が。血のつながったキョウダイだなんて。

納得できるはずが、あるか。

桜の父親と言い合いをしていた女性が——僕の母親が、言う。

「ともかく、これで改めて決心ついたわ。あんたに桜は任せられない。雪も桜もまとめて、母親の私が育てる。やっぱり双子を引き離すのは良くなかったんだ」

「今更母親ヅラかよ、気持ちわりい」

「養育費もきっちり出してもらうわよ。あたしの客に弁護士がいるから、その人にお願いして裁判の準備を始めてんの。あんたは確実に負けるからね」

隠れている僕らにも聞こえるくらいの大きなため息を、桜の父親が——顔も知らなかった僕の父親が、吐き出すのが分かった。そしてごそごそと何かを漁《あさ》る音。

「ちょっと、何する気よ！」と悲鳴のように母が言う。

尋常ではない空気を感じ、僕は隠れていた壁から飛び出して、夕陽の明かりが射し込む部屋の中に駆け込んだ。燃えるようなオレンジ色の光の中で見えたのは、四十代くらいの細身の男が両手で持った金属バットを、母の頭に振り下ろす瞬間だった。

鈍い音が響いて、糸が切れた操り人形のように母の体が床に崩れ落ちた。その頭部から大量の血が床に広がっていく。

男が僕の方を見た。

「あ？　何だお前。なに勝手に人の家に入ってきてんだよ」

状況に思考が追いつかない。僕は悪い夢でも見ているのか。そうであればいいと、切実に思う。だから男が母の血のついたバットを持ったままこちらに歩いてくることの、その意味をすぐに理解できなかった。

「雪くん、逃げよう！」

後ろで桜の悲鳴にも似た声が聞こえた。

「桜、いつの間に帰ってたんだ。それに、雪だって？」

突然男が大声で笑い出した。

「あっははははは！」

ついさっき殺人を犯した人のものとは思えないような、陽気な笑いだった。その場違いな笑い声が、この状況の異常さを際立たせていく。

「傑作だなぁオイ。運命ってやつなのかもなぁ」

男はなおもこちらに近付いてくる。顔には親しげな笑みを浮かべ、足元ではぬちゃりと血が踏まれる音を立てて。

「まさかこうして全員集まるとは。せっかくだから家族写真でも撮るか？　ああ、さっき一人減ったばかりだったな、ハハハ」

初めて対面した自分の父親に対する嫌悪や憎悪が吹き上がって混乱を覆い隠し、ようやく頭をクリアにしていく。自分がこの人間の血を引いているという絶望的な事実に吐き気がする。

「まあ、何のもてなしもしてやれないが、このまま帰すわけにもいかないからな。だからお前らも」そこまで言って男の顔から突然表情が消えた。「死んでくれ」

そして男は金属バットを振りかぶった。

「雪くん！」

桜が僕の名を叫んだ。命の危機に極限まで鼓動を速めた心臓が全身に血を送る。考えるよりも先に足が動き、僕は後方にのけぞった。フルスイングされた金属バットが音を立てて鼻先を掠《かす》める。僕はバランスを崩して、後ろにいた桜を巻き込んで床に尻もちをついた。

男は再度バットを構えた。そこには一かけらの躊躇いさえも感じられない。

今から外に逃げるのは難しい。この状況では警察も呼べない。

桜だけでも守らなくては。

決意と覚悟が神経を研ぎ澄ましていく。肺いっぱいに酸素を取り込み、足に力を込めた。

僕をめがけて男がバットを振り下ろす。僕は床を蹴って、体ごと男の腹部にぶつかって両腕でその体を摑んだ。

「うおっ、てめぇ！」

反抗を予想していなかったのか男は後ろに倒れ込んだ。そこには母の血が水溜《みずた》まりのように広がっていて、男の体が倒れた衝撃で辺りに飛び散り、僕の顔や腕も汚した。

男はバットを手放していた。僕は床に転がっているバットに飛びつき、夕陽の光を受けて鈍い銀色を放つそれを摑んだ。

全身を血液が熱く駆け巡る。痛いくらいに心臓が強く速く拍動している。

母は目の前で、こいつに殺された。

殺さなければ、殺される。僕も、桜も。

立ち上がりかけている男に向かい、僕はバットを振りかざした。

「おい、待てよ。実の父を殺す気か？」

僕は生まれて初めて、ヒトを殺す覚悟をした。

興奮と集中が視界を狭め、ヘラヘラと笑うそいつしか見えなくなる。

息を止め、全身に力を入れる。男は腕で顔を庇ったがその腕ごとへし折るつもりで、渾身《こんしん》の力で両手のバットを振り下ろした。

しかしバットは僕の手を滑るように離れ、男の向こう側にある食器棚にぶつかり激しい音を立てた。自分の両掌《りょうてのひら》を見ると、さっき男を押し倒した時に付いたのか、べったりと鮮血に濡れている。これでバットが滑ったのだろうか。

「あーっはははははは!」

男は笑いながら立ち上がり、僕の腹を蹴り飛ばした。僕の体は部屋の中央にあるテーブルにぶつかり、床に倒れ込む。今まで経験したことのない激痛に顔をしかめ、うめき声が漏れた。

やめて、と悲痛に叫ぶ桜の悲鳴が聞こえる。なぜまだそこにいるんだ。頼むから、君だけでも、早く逃げてくれ。そう伝えたいのに声が出ない。歪んだ笑みを浮かべた父親が、拾い上げたバットを持ってこちらに歩み寄るのが瞼の隙間から見えた。その全身に赤黒い血を纏って、まるで悪魔のように見える。いや、本当に悪魔なのかもしれない。

「反抗的な息子にはたっぷり教育してやらねえとなあ」

立ち上がろうとしてもうまく体に力が入らない。床を這《は》うように後ずさると、右手に冷たい何かが当たった。見ると、それは割れた陶器のマグカップの欠片だった。家に入る前、ガラスが割れるような音が聞こえたのを思い出す。ナイフのように鋭利に尖《とが》ったその大きな破片を、僕はしっかりと右手に握りしめた。

「なかなかいいシチュエーションじゃねえか。映画っぽいセリフでも言ってやろうか。『あの世で母ちゃんと仲良くやりな』ってな。ははは！」

男がバットを振り下ろす瞬間、僕は獣の咆哮《ほうこう》のように叫びながら、体に残った力を振り絞って男に飛び掛かり、殺意と共に握りしめた陶器の破片を突き出した。

✤

私は震えて泣きながら、その惨劇を見ていることしかできなかった。

仰向けに倒れた父の上に馬乗りになった雪くんが、叫びながら何度も、何度も、手に持った白い刃物のようなものを父の体に突き刺していた。痛みに絶叫しつつ抵抗していた父は次第に動かなくなり、それでも雪くんは動きを止めなかった。雄たけびのような声はやがて嗄れ、うめき声のようになっても、力なく叩くように、父の胸を刺し続けた。

恐怖に縛られて自分のもののように思えない足を動かし、彼のもとに行く。そして後ろから、その背中を抱きしめた。

「もういいよ雪くん。もうやめて」

「でも！　殺さないと、殺される！」

「もう死んでるよ！」

雪くんは肩を上下させて荒く呼吸しながら、ゆっくりと腕を下ろした。右手から落ちた白い破片が、血溜《ちだ》まりになった床に落ちる。彼は崩れるように父の体から下り、血で濡れることも厭《いと》わずに、床の上に蹲《うずくま》った。

さっきまでの地獄のような光景が嘘みたいに、静寂が部屋を満たす。けれどこの現実が嘘じゃないことは、部屋に横たわる二つの死体と、海のように広がった血が教えている。

「……こんなの、どうすればよかったんだよ」

力なく震える声で、雪くんがそう言った。

「殺したくなかったよ。でも、死にたくなかったし、君を守りたかった」

「……うん」

「訳分かんないよ。なんで。なんで僕の母親がここにいるんだ。なんでこんなやつが僕の父親なんだ。なんで。なんで、僕たちは——」

私は彼のそばにしゃがみ、背中に手を触れた。彼の体が凍えるように震えているのが、コートの厚い生地の上でも分かる。

私の中にだって、絶望も、悲嘆も、混乱も、溢れそうなくらいに渦巻いている。

小さい頃から誰にも愛されずに育って、心が半分に欠けたような不良品の私は、話すのも笑うのも下手で、上手く生きられなくて、人といることが怖くて、でも寂しくて。

ずっと死にたいと思いながら、分かり合える人との運命的な出会いを、夜空の星に願い続けていた。だから自分が自然体でいられる雪くんと会えたことは、願いが叶ったんだと嬉しかった。やっと生きる意味が見つかったんだと思っていた。私なんかを好きだと言ってくれる彼のために、彼のためだけに、生きていこう、と思っていた。

でも私たちは、お互いに存在さえ知らなかった双子の兄妹《きょうだい》だった。世界はどこまで残酷なんだろうと泣き叫びそうになる。

それでも、今一番つらいのは、雪くんだ。目の前でお母さんを殺され、自分も殺されそうになって、そして血塗《ちまみ》れになりながら、自分の手で、父親を殺した。

人を殺すというのは、どんな気分なんだろう。自分の手で、目の前の相手の命を終わらせるというのは、どれだけ恐ろしいことなんだろう。

私にできることは、私がすべきことは、なんだろう。血の臭いが充満した部屋の空気を吸い込んで、必死に考える。そして、私は決意した。

「逃げよう、雪くん。私たちのことを誰も知らない町に行こう。そして、すぐには難しくても、今日あったことは少しずつ忘れて、二人で、生きよう」

警察に行くことも考えた。きちんと話せば、正当防衛になるかもしれない。けれど、パニックになっていたとはいえ雪くんが父を惨殺したことは変わらないし、何らかの罪に問われるかもしれない。今の彼にそんな重荷を背負わせたくなかった。

「二人で、生きる……？」と彼は呟くように私の言葉を反芻した。

「うん、そうだよ。二人で生きよう。海の見える素敵な街に行こう。そこで部屋を借りて、一緒に働いて、生きていこうよ」

叫び声や大きな音は、家の外にも響いていただろう。でもこの時間は辺りに人がほとんどいないことを知っている。近所でも嫌われ者の父には、わざわざ家を訪ねてくる知人なんかいないことも私は知っていた。だから、しばらくこの惨状が見つかることはないだろう。その間に、少しでも、遠くに。

私は雪くんを勇気づけて立ち上がらせ、シャワーを浴びてもらった。体の至る所に沢山の血が付いたままでは、まともに逃げられない。着替えには、父の服を用意した。

その間に私はバッグからスマホを取り出して、ウェブブラウザを開いた。言うことを聞かずに震える指先に苦労しながら、とにかく遠くまで行くことだけを目的に、今からでも予約できる夜行バスを探した。

とりあえず思い付く貴重品だけをバッグに詰め込む。そこにはもちろん、雪くんがくれたオルゴールボックスも入れた。着替えを終えた彼と二人で家を出ると、外はもう夜の闇が満ちていた。

駅前まで歩き、予約した夜行バスに乗り込む。バスの中はガランと空いていて、私たち以外にほとんど乗客がいないのがありがたかった。座席の頭上にある荷物置き場にバッグを置く時、荷物の落下防止のために水平に取り付けられた金属の棒が、外れかかっているのかグラグラと揺れた。

車内は暖房が効いていて、シートに座ると少しだけ緊張が解け、同時にどっと疲れが出た。雪くんはここまで、うつむいたまま一言も発していないのが、少し、怖い。

「ね、雪くん、どんな街に住みたい？　急いでたからすぐに予約が取れた北の方に行くバスに乗ったけど、暖かい場所がよければ、落ち着いてから南の方に移動するのもいいよね。大丈夫、お金は持ってきたから、何日かは暮らせるよ」

無理して明るく振る舞ってみたけれど、雪くんから反応はない。彼はうつむいたまま、力なく開いた自分の両掌を見つめている。そこにはまだ、落とし切れない血の痕が皮膚の奥深くまで滲んでいるように見えた。あるいはそれは、彼を蝕《むしば》む罪悪感や殺人の恐怖と絶望が可視化されているのかもしれない。

どうしてこんなことになったのだろう。彼も私も、何も悪いことをしていない。誰にも迷惑をかけずに、息を潜めて世界の明るい部分から隠れるように生きてきた。私を虐《いじ》めたあの子も、私を無視したあの子も、私を笑ったあの子も、きっと今、明るいところで楽しく過ごしているのだろう。それなのに、どうして、私たちは。

雪くんと出会ってから薄れつつあった希死念慮が、じわじわと心の亀裂に浸《し》み込んで拡がっていく。彼と図書室で出会うまでは、半分に割れた心の断面に、それはべったりと張り付いていた。拭っても拭っても消えずに、魂の深度まで根付いていった。

私は窓の外に視線を移す。バスはいつの間にか高速道路を走っていた。無機質な暗闇の中、等間隔に並んだ道路照明灯が光の尾を引いて後ろに流れていく。それを眺めながら、まるで人が造った出来の悪い流れ星みたいだ、と私は思う。

どれだけ祈っても、星は都合よく願いを叶えてはくれない。私たちはこれから、自分たちの力だけで生きていかなければいけない。

……そんなことが、本当にできるのだろうか。

「桜」

ふと、雪くんが私の名を呼んだ。

「あ、うん、なに？」

彼の方を見ると、さっきまでと変わらずにうつむいたままだ。バスの車内の弱々しい明かりが、彼の顔に深い影を作り出している。

「ずっと考えてた。これからどうすればいいのか」

「うん」

「あの部屋の死体は、きっと数日で見つかる。警察はすぐにその身元を特定して、僕たちを探すだろう。部屋や凶器に僕の指紋も残ってるだろうし。そうなったら、遠く離れた場所にいたって、ずっと正体を隠しながら生きていくのは難しいと思う」

「……うん」

逃げよう、と無責任に言いながら、それが現実的ではないことは、私も心の片隅で思っていた。

「桜」

「うん」

「僕は、君が、好きだった」

彼の声は震えていた。

今日、毛布の中で抱き合いながら、何度も好きだと言ってくれたことが、もう遠い過去のように感じる。その言葉をもらう度に、割れていた心が一つに繋がって温かく溶け合っていくのを感じていた。

その時の彼の温かな言葉と、今の過去形の言葉が持つ意味の違いが痛いくらいに胸を締め付けて、涙が溢れる。彼の頬にも同じものが伝っていた。

「本当に、好きだったんだ。大好きだった。愛していた。幸せだった。救いだった。君のために生きようと思った」

「うん」

私だって、同じだ。

彼は背中を丸め、両手で頭を抱えながら、続きを言う。

「でも、その感情も幸福も全部、許されないものだった。真実が隠された、紛《まが》い物《もの》だった」

その言葉を聞いて胸がずきずきと痛むのは、私が今でも彼をどうしようもなく好きだからだ。そして泣きながら話す彼も、それは同じなんだろうかと思えた。

「ずっと考えてた。この感情を終わらせる方法を。そして君の、いや、僕たちの父親を殺した罪から、逃げる方法を——。君は、二人で生きようと、言ってくれたけど、僕は……」

彼が次の言葉を言うために息を吸う間、世界の時間が止まっているような静けさに、耳が痛いくらいだった。

「死んで、終わらせたい」

消え入りそうな、吐息のような声だった。

彼がその結論に至ったことを、悲しく思う。でも私の中にも同じ願望が芽生えている。いや、それは初めから胸の中にあって、彼といる時だけ見ないフリができていただけだった。

「……分かった。じゃあ、一緒に死のう。バスが終点に着いたら、そこでちょうどいい場所を探そうか」

優しく慰めるような声で、私は言う。

生きるための逃避行から、共に命を閉ざすための旅に。高速道路を走るこのバスの意味が大きく色合いを変えた。心の中で根付いていた死への憧れを秘めた種が、膨らんで花開いていく。それは妖艶で美しい色と匂いで私を強く惹《ひ》き付《つ》ける。飛ぶことに疲れた蝶が花弁《はなびら》の上で羽を休めるように、大好きな人と一緒にその花に包まれて永遠に眠ることができるのなら、それは一つの幸福な結末なんじゃないだろうか。

窓の外の暗闇に、白く小さい幽《かす》かな光が混ざり始めたのが見えた。

「ねえ、雪が降ってきたよ」

そう言って雪くんの方を振り向くと、彼はシートに背を預けて、静かな寝息を立てていた。きっと、とても疲れていたのだろう。体も、心も。

バスが終点に到着するのは、明日、十二月十五日の朝になる。それまで私も眠っていよう。私は少し体を動かして、涙の跡が頰に残る彼の寝顔を見つめた。そして、きっと、これが最後の、キスをした。


懐かしい夢を見ていた。

薄暗い部屋には、一人分の布団と、小さなちゃぶ台と、古いテレビが置かれている。私の部屋。ここが私の世界の全て。

私は小学校に入学する前くらいの年齢で、壁際に置かれたテレビで流される子供向け映画を見ていた。私にとって、そのテレビだけが、言葉や考え方を教えてくれる先生で、色んな世界を見せてくれる魔法の箱だった。

その日は、有名な童話のアニメ映画をやっていた。願いによって命を吹き込まれた人形の物語。喜びと悲しみと、怖さと安心。世界の残酷性と、そこにある優しさ。絶望と、愛。夢中になって画面に釘付《くぎづ》けになり、その物語に見入っていた。自分が泣いていることに、気付かないくらいに。

願いを叶えてくれる星。世界に隠された優しい秘密をそっと知らされたような、そんな満ち足りた気分で、夢の中の私は目を閉じた。

ふと目覚めると、夜行バスの窮屈なシートの上だった。そうだ、私たちは今、死に行くためにここにいるんだ。

「桜、起きたの？」

雪くんの声がしてそちらを見ると、私よりも先に目覚めていた彼が、優しく微笑んでいた。辺りは暗く、まだ朝がきていないことが分かる。

「今、何時？」

「もうすぐ夜の十二時だ」と彼はバスの中のデジタル時計を見て言う。「まだ眠ってても大丈夫だよ」

その時、バスが大きく揺れた。パニックになった大型動物のように、走りながら左右にグラグラと激しく車体を揺らす。疎らに座っている他の乗客からも悲鳴のような声があがった。雪くんが私の左手を握る。

揺れは激しさを増し、そして、自分の体がふわりと浮いたような感覚。それがバスが横転しかけていることによるものだと気付くのはすぐだった。私は進行方向に向かって右側の窓際に座っていて、その左隣の通路側のシートに雪くんが座っている。バスは右側を浮かせるようにぐんぐんと傾いていき、激しい音や衝撃と共に車体左側面が地面に倒れた。その反動で私たちは座席から投げ出され、バスの天井だった部分に叩き付けられる。高速で走っていたバスは横倒しになっても止まらずに、アスファルトと金属が削れ合う音を立てて滑るように動き続ける。

バン、と弾けるような音が聞こえた。痛みと混乱で閉ざしかけた目に、銀色の棒状の物体がこちらに向かって高速で飛来するのが見えた。このバスに乗り込んだ時、荷物置きに設置された落下防止の金属棒が外れかけていたのを思い出す。

ああ、そうか、私たちはここで死ぬんだ。そう私は思う。

思っていた最期とは違ったけれど、これでようやく、雪くんと一緒に——

「桜！」

全てを受け入れて目を閉ざした私の体が、彼の腕に抱き締められ、強い力で転がされた。

動き続けていたバスはようやく止まり、静寂が辺りを包んだ。しかしそれはすぐに、乗客たちの痛みによる悲鳴や呻《うめ》き声で掻き消される。その中に、衝撃で蓋が開いたのか、雪くんがくれたオルゴールの音色が微かに混じっていた。

なぎ倒されたシートの隙間で、私は自分の体の状態を把握しようとした。仰向けに寝転んだ状態になっていて、強く打ち付けたような痛みが全身のあちこちにある。でもどれもひどいものではなくて、体はなんとか動かせそうだった。でも倒れたシートに両足が挟まれていて、起き上がれない。

視界は暗い上に舞い上がった粉塵《ふんじん》でほとんど何も見えなくて、私は仰向けのまま手探りで雪くんを探した。すぐ左隣に、何度も触れた彼のコートの手触りを見つけ、声をかける。

「雪くん、そこにいるの？」

返事がない。手を伸ばして体のありかを確かめていくと、彼のお腹《なか》の辺りのコートが生温《なまぬる》い液体で重く濡れていることに気付いた。

「……桜」

苦しそうな彼の声が聞こえ、少しほっとする。

「雪くん、大丈夫？」

「いや、多分、ダメだ」

辺りを満たしていた塵が、次第に落ち着いていく。首を動かして左側を見ると、横たわる彼のシルエットが見えた。そして、さきほど飛んでくるのが見えた金属の棒が、彼の体の中央から斜め上に向かって、二十センチほどの長さで飛び出しているのが見えた。

「雪くん、それ……」

「桜は、無事？」

「うん、私は大丈夫。でも——」

「よかった」

と、ほっとしたような声で彼は言う。

「僕は、わがままだな」

「え？」

一つ一つ言葉を絞り出すように、雪くんは話した。

「一緒に生きようって、言ってくれたことも、一緒に死のうって、言ってくれたことも、どっちも、嬉しかった。でも今、こうして死を間近に感じていると、やっぱり、君だけでも生きていてほしいって、強く思う」

「……そんなの、ずるいよ」

涙で滲んだ視界の端で小さな光が動いたように見えて、私は上を向く。今は天井になっている車体右側の窓には亀裂が入っていて、その向こうに夜空が見えた。その漆黒のスクリーンの上に、一つ、二つと、小さな星が白い尾を引いて流れる。

そうだ、今日は、ふたご座流星群の極大日。一年前にもこうして二人で寝そべって、星空を見上げていた。私は左手を動かして、雪くんの冷たい右手を強く握った。

カストルとポルックス。共に死ぬことを願った双子の星が、ひび割れた窓の向こうの小さな空で瞬いている。彼らが零す涙みたいに、流星が辺りを彩る。

どこかでオルゴールが奏で続けている。星に願いを。私は蚊の鳴くような小さな声で、迷子の子供のようなか弱い声で、ぼろぼろと涙を零して泣いた。

もし、今、願いが叶うのなら。

生きていてほしいと言ってくれる彼に、置いて行かないでと思ってしまう愚かな私を、いますぐ殺して。

それか、地獄のような今日をやり直して、彼と共に静かに命を閉ざせる未来をください。

神様。もしいるのなら。お願いします。

どうか。どうか。どうか。

❄

冷たい金属に貫かれた腹部から拡がる激痛が意識を閉ざしかけていく。もう下半身の感覚はほとんどない。それでも、桜に握られた右手だけははっきりと、彼女の手の温かさを伝えている。

これはきっと、父を殺した僕に与えられた罰だ。あの瞬間から、ずっと自分を縛り付けて苦しめている殺人の恐怖と罪悪感。肉親の血の臭いと今も手に残る人間を突き刺す感触。そして、愛した人が双子の兄妹だという絶望。そこからやっと、解放される。死んで楽になれる。

でもこの罰は、僕だけに与えられるべきだ。他の乗客や桜には関係ない。僕だけが裁かれればいいのに、どうしてこんなことに。

視界の遥か先では、暗闇の中を切り裂くようにいくつもの星が流れている。

遠いのか近いのか分からない場所で、どこかからオルゴールの音が聴こえる。星に願いを。そこに桜の小さな泣き声が混ざって、胸が引き裂かれるように痛む。

泣かないで、大好きな人。笑っていてほしい。幸せでいてほしい。

もし、今、願いが叶うのなら。

僕がいなくなっても、大切でしかたない人が、笑顔で生きられる温かな世界を。

それか、地獄のような今日をやり直して、昨日までのように彼女と共に静かに生きる未来をください。

神様。もしいるのなら。お願いします。

どうか。どうか。どうか。

バスのデジタル時計が数字を変えた。

「00：00」

そこで、僕の意識は、途絶えた。

[γ] *Fate steps in and sees you through*

❄
❄

目覚めるとそこは、いつものボロアパートの自分の部屋だった。

僕は飛び起きるように布団から出た。腹部を貫通していた鉄の棒はなく、痛みも傷痕すらもない。

居間の方からテレビの音が聞こえる。扉を開けると、『今日はふたご座流星群の極大日』というテロップが端に添えられた画面の中で、アイドルグループの元メンバーだという女性アナウンサーが、今夜の星模様について興奮気味に語っていた。

「新月のため月明かりの影響がなく、お天気も晴れ予報のため、絶好の流星観測日和になるでしょう」

それを見下ろしながら、僕は呆然と立ち尽くす。

長い悪夢でも見ていたのだろうか。いや、そんな馬鹿な。だってあまりにも鮮明に覚えている。ここで桜と抱き合った時の肌の温度も、彼女の家で父の体を刺した感触も、横転したバスの中で鉄に貫かれた激痛も。全てありありと思い出せる。

それなら――

この事象を説明できる一つの可能性に思い至る。

星に願えば叶う？　そんなの下らないフィクションだと思っていた。

俄《にわ》かには信じられない。でも現実にこうして起こっている。

複雑な感情が胸の奥から湧き上がり、体を震えさせた。

僕は、今日を、やり直すことができる！

急いで着替えて、外出の準備を整えた。もちろん桜に会いに行くためだ。今日、十二月十四日がリセットされたのなら、桜も同じように彼女の家に戻ったはずだ。

逸《はや》る気持ちを抑えて、勉強机の鍵付きの引き出しを開けた。そこに大事にしまってある腕時計を取り出し、左手首に巻く。銀のベゼルにシンプルな白の文字盤。桜が誕生日プレゼントに贈ってくれた、大切な腕時計だ。

玄関のドアを開けると冬の冷たい風が吹いて、僕は少しだけ冷静になった。

今日をやり直せたとしても、僕と桜が双子の兄妹である事実は変わらない。禁忌とされている、許されない愛情。

僕は一度ドアを閉め、居間にある扉の一つを見た。その先は、母の寝室だ。靴を脱いで扉の前まで行き、二度ノックした。返事の代わりのように、いびきが聞こえてくる。どうやら熟睡しているようだ。

母は僕に興味がないと、ずっとそう思っていた。もう最後に言葉を交わしたのが何年前か思い出せない。日中はいつも寝ていて、夜は仕事に出る。授業参観なんて来た事もない。中学の卒業式にも、高校の入学式にも来なかった。料理も洗濯も掃除もしないから、僕の家事スキルばかりが向上していった。

でも、リセットする前の十二月十四日、桜の家で父と話をする母はまるで、娘の桜を案じる普通の母親のようだった。それが養育費目当ての方便である可能性もあるけれど。

「母さん。開けるよ」

扉を開け、中に入った。カーテンが閉め切られ薄暗い部屋の中は、酒とタバコと香水と大人の女の匂いがむわりと満ちていて、吐きそうになる。僕はずかずかと部屋を歩いてカーテンを一気に開け、窓も全開にした。朝の清浄な光と吹き込む冷たい風が、部屋の淀んだ空気を洗い流していくように感じる。

「ちょっと、何よぉ」と不満そうな声を出して、母が布団を頭まで引っ張り上げた。

「とても大事な話があるんだ」

「後にしてくんない？　さっきようやく眠ったところなの」

僕はいきなり核心を突き付ける。

「母さん、僕には桜っていう双子の姉か妹がいるんだね？」

母はすぐには返事をしなかった。代わりに布団から顔を出し、僕を見た。眠気が吹き飛んだようなその表情から、答えは聞かずとも分かってしまう。何を言ってるのと笑ってくれたなら、どれだけよかっただろうか。

「……あんた、なんでそれを」

「どうして隠してたの？」

母はため息をつきながらのそのそと上半身を起こす。ボサボサの頭を掻きながら「タバコ吸っていい？」と訊いた。

「タバコの煙は嫌いなんだ」

「はあ。なんであたしとあいつから、こんなにクソ真面目な息子が産まれたんだろうね」

大きな欠伸《あくび》をした後、母は続けた。

「桜はあんたの妹だよ。あんたの方が先に出てきたからね。言っとくけど、別に隠してたとかじゃないよ。別れた時にはあんたたちはまだ何も分からない一歳のガキだったし、説明しようもなかったんだ」

「僕が成長してから言えばよかったじゃないか」

「言ったところでどうなるってのさ。赤ん坊の頃に別れた妹なんてもう赤の他人みたいなもんだろ？」

「でも母さんは、父親から桜を引き取ろうとしてる」

「なんでそんなことまで知ってんの？」

目を見開いて僕を見る母から、視線を逸らした。今日話を聞いたから、とはとても言えない。

「……そうだよ。あんたが高校に入学したくらいから、ちょいちょい交渉してた」

今更母親ヅラかよ、という父の言葉が思い出され、頭が痛くなった。あいつの悪魔のような血が僕にも流れているのかと思うと、部屋に差し込む明るい光も陰るような気がする。

「なんで今更って思うだろ？　あたしだってそうだよ」

母は神妙な顔をして横を向く。

「こんな気持ちになるんなら、最初から手放さなきゃよかった」

「……え？」

「あんた色々知ってるみたいだから、もう話すけどさ……。あたしも徹《とおる》も――あ、徹ってのはあんたの父親のことだけど——とにかくクズみたいな人間でさ。子供ができても堕《お》ろす金がないってだけで産んで、そっからどうすんだよってケンカになって、荷物を押し付け合うみたいに一人ずつ親権持って離婚したんだ」

実の子供に話すようなことだろうかと思ったけれど、そういう判断ができないところも、「クズ」という自虐に含まれているのかもしれず、僕は黙って聞いた。

「正直最初はダルかったよ。あんたは一日中泣いてるし、オムツの替え方もよく分かんないし。職場に子育てしてる先輩がいなかったら、キレて捨ててたかもしんない」

そこで母は配慮の欠片もなく笑った。

「でもさ、不思議なもんだよね。ずっと二人で暮らしてるうちに、愛着っていうか、情が湧くっていうか？　ちょっとずつかわいいと思えてきたのよ。でもあたしこんなんだし、仕事も胸を張って言えるようなもんじゃないしね。それに、あんた覚えてる？　小五くらいの時、あたしに言っただろ。母さんなんて大嫌いだ、ってさ」

思い出した。どこからか噂《うわさ》が広がった母の仕事についてクラスメイトから揶揄《やゆ》され、虐めのような扱いを受けた時期があった。その頃、自分の身に起こる不条理は全て母のせいだと考え、その幼稚な憎悪をぶつけたことがあった。

「だからさ、クズなあたしはあんたと関わらない方がいいんだなって思ったの。まあこんなこと言っても、育児放棄なことに変わりはないけどね。あたしは母親ってのに向いてないのよ。でもさ、ちょっとずつあんたをかわいいと思うようになって、仕事も固定客ついてやっと安定してきて、色々考える余裕ができたら、今度は、桜はどうしてんのかなって気になっちゃってさ」

「……ずっと疑問だったんだけど、どうして雪と桜なの？　三月だから桜は分かるけど、雪は季節外れじゃない？」

「ああそれ？　あんたたちが産まれた日、ベッドから見える窓の向こうで早咲きの桜が咲いてたんだけど、その日は珍しく晴れながら雪が降ってね。青空の下で、桜の花の上にキラキラと降る白い雪があんまり綺麗だったからさ、感動してそのまま名前にしちゃったよ」

僕はずっとこの名前を、溶けて消えることが望まれているという、愛なき呪いの刻印のように感じていた。でも、光の中で桜の上に降る雪の光景を思い浮かべると、それはとても優しく、眩いほどに素敵で、自分の中の呪いがサラサラと解けていくのを感じた。

（綺麗で、幻想的で、優しくて、私は好きだよ、雪）

以前、図書室で桜に言われた言葉を思い出す。彼女に、会いたくなった。

「……晴れた日に降る雪を、風花《かざはな》っていうんだよ」

「ふうん。さすが雪、賢いね。難しそうな本ばっか読んでるだけあるわ」

にやりと笑って母はそう言ったが、その笑いは小馬鹿にするものというよりも、息子の成長を喜ぶ誇らしい笑顔に見えた。

母は再度欠伸をしながら、「ていうか今何時よ？」と言って枕元に置いてあったスマホを取り、ディスプレイをオンにした。そこにはデジタルの時刻表示の下で、高校の制服を着て不機嫌そうに校門の前を歩く僕の写真が表示されていた。

「え、なに、その写真」

「げっ、見えた？」

慌てて体の陰にスマホを隠した母は、恥ずかしそうに顔を赤くしていく。その様子はなんだか少女のようですらあった。

「そんなの、撮られた覚えないんだけど」

「いや、ほら、自分の息子の高校入学式なんて一大イベントだから、立派に育った姿を見に行きたいじゃん？　でもあたしあんたに嫌われてるから、こっそり見に行ったわけよ。えへへ」

「もしかして、中学の卒業式も？」

「え？　もちろん見に行ったけど？　あ、でも大丈夫。誰にもあんたの母親だってバレないように変装して行ったからさ。地味な服着て、黒髪のウィッグまでかぶってね」

「なんだよ、それ」

予想もしていなかった真実に、思わず目の奥が熱くなってしまった。それを悟られないよう、母には背中を向けた。

「なあによ、そこまであたしのこと嫌いなわけ？」

「違う、そういうことじゃない」

興味がない、愛されてない、消えることを望まれている。そんなのは全部、僕が勝手に作り出した幻想で、僕が僕の中にだけ刻んでいた呪いだった。母のことを決めつけて、これまでちゃんと向き合おうともしなかった自分の未熟さを恥じた。

「母さん、今日、鳴瀬家に行くんでしょ？」

「だからなんであんたはそれを知ってるのさ。怖くなってきたよ」

「絶対に行かないで」

「は？」

「桜のことは、僕がなんとかする。だから、お願いだから、絶対に、今日鳴瀬家に行かないで」

それだけ言い残して、面倒な疑問を持たれる前に僕は足早に部屋を出た。靴を履いてアパートのドアを開けると冬の風は今日も冷たくて、首に巻いたマフラーを口元まで引っ張る。

歩きながら左手首の腕時計を見ると、桜といつもの公園で待ち合わせている時間から三十分ほど遅れてしまっている。僕は歩く速度を速めた。

心臓がずっと、苦しいくらいに高鳴っている。でもそれは暗い感情によるものではなくて、希望が内側から胸を叩いているように感じられた。

地獄のようだった今日をやり直して、歩むべき道筋が眼前に見えた気がする。桜はあの家にいるべきじゃない。ちゃんと子供として大切に思ってくれる母親と一緒にいるべきだ。たとえ、僕たちが、恋人ではいられなくなるとしても。

やがて辿り着いた公園の、いつもの待ち合わせ場所のベンチに、桜はいた。ぽつんと一人で座り、心許《こころもと》ない様子で池を見つめている。僕の胸が複雑な感情で軋んだ。

「……桜」

近付いて、声をかける。彼女は振り向いて、一粒の涙を零した。

「雪くん」

「ごめん、遅くなって」

彼女の隣に座り、僕たちはまず、自分たちの置かれた状態について話し合った。桜も僕と同じく、あの横転したバスの中から、気が付いたら自分の部屋の布団で目覚めたらしい。どういう原理かは分からない。でもこうして実際に時は巻き戻った。僕たちは今すごい奇跡の中にいるんだと僕は喜んだけれど、桜の表情は晴れないままだった。

これからのことについても話した。桜の家での惨劇を目の当たりにしたばかりだから、あの父親と共にいるべきではない、という点は桜も同意した。けれど、母のもとで暮らすという提案については、桜は不安そうな顔をした。でも僕としては選択肢はそれ以外にないと思っている。

あまり乗り気ではないような桜を説得して、僕は彼女をアパートに連れて行った。

玄関のドアを開けると、母はまだ眠そうな顔で、パジャマ姿のままトーストを齧《かじ》っていた。

「ただいま、母さん」

「あれ、雪、早かったね。後ろに連れてるのはもしかしてカノジョ……」

僕の後ろに立つ桜の顔を見て、母の表情が驚きに染まっていくのが面白かった。

「お、お邪魔します」

おずおずと頭を下げる桜に、立ち上がった母はゆっくりと歩み寄り、そして抱きしめた。

「桜。桜。ああ、ごめん。ごめんね。昔、小さいあんたを捨てたようになっちゃって、本当にごめん。あたしバカだったんだよ」

その後、母は自分がパジャマでいることを恥ずかしがって急いで着替え、慌てて部屋を掃除し始めた。その様子に桜は小さく笑いながら、目を潤ませていた。僕が簡単に三人分の昼食を作り、小さい食卓を囲んで食べた。こうしていると僕たちが本当に家族なのだということを改めて不思議に感じる。

その後は、父親から桜を引き取るための方法を話し合った。対話は危険だと身をもって思い知っている僕はその理由を何とか隠しつつ、すぐに鳴瀬家に突撃に行こうとする母を諫《いさ》めた。

「対面は避けて。暴力も何も解決しない。身の安全を確保した状態で法的に戦わないとダメだ。母さん、客に弁護士がいるんでしょ。その人に相談してよ」

「だからあんたは何でそれを知ってるのよ！」

理由を言えない僕にぶつくさと文句を言いながらも、母はその客に電話をしてくれた。通話中の母は、これまでの酒とタバコで爛《ただ》れた声とがさつな喋《しゃべ》り方が嘘のように、高く綺麗で艶っぽい声で話す。仕事中の母はこんな感じなのか、と僕は複雑な気持ちでそれを聞いていた。その弁護士は今日は忙しいらしく、後日正式に相談してくれることになった。

この一日で解決できる問題ではない。ゆっくりと、でも確実に、歩みを進めていけばいい。それまで桜はこのアパートに住んでもらうことにした。恐縮しきりの桜に、母は言う。

「子供は何も気にせず親に甘えてりゃいいのよ。これまで何もしてやれなかった分、世話させてよ。……ずっとつらい思いをさせてて、ごめんね」

その後は、母が寝室から持って来た僕の小中学の卒業アルバムなどを眺めて話した。そこに印刷された僕はどこにも笑顔などなく、世界の全てを嫌って諦めているような不愛想な表情で、桜に逢《あ》うまでの欠けていた自分を思い出して苦しくなったけれど、彼女が興味深そうにページを見ていたから何も言えなかった。

夜、さすがに布団を並べて寝るわけにはいかず、僕は自分の布団を居間に敷き、余っていた布団を僕の部屋に敷いて桜がそこで寝ることになった。母は行きたくないと愚痴りながらも、ばたばたと仕事に行く準備をした。

アパートを出る前、母は足を止め、桜を振り返る。

「あ、そうだ桜」

「はい」

「あんたもうちの子なんだから、帰ってくる時は『お邪魔します』じゃなくて、次からちゃんと『ただいま』って言うんだよ。それとあたしには敬語禁止だからね」

「わ、分かった、お母さん」

満足げに微笑んで、母は出ていった。

部屋が急に静かになり、取り残されたような僕たちはしばらく黙って立ち尽くしていた。

「……なんか、こんなことになると思わなかったな」

と、母から借りたぶかぶかのパジャマを着た桜が小さな声で言った。見慣れないその姿に胸が熱く高鳴っていくけれど、もうこの感情を持つことは許されないんだ、と思うと少し悲しくなった。

「うん。でもいい方向に向かってると思う」

「……ねえ、雪くん」

名前を呼ばれて桜を見ると、彼女はうつむいて髪で顔を隠していた。

「なに？」

「……やっぱり、なんでもない。おやすみなさい」

そのまま彼女は静かに歩き、僕の部屋に入っていった。その背中に僕は、おやすみ、と声をかける。

電気を消して、居間に敷いた布団に潜り込んでも、なかなか眠れなかった。

まだ胸の中に残っている、やり直す前の今日の、暗く赤く粘りつき息ができなくなるような恐怖や憎悪や絶望。人を殺した感触や、直面した死の記憶。

隣の部屋で、毛布に包《くる》まって抱き合った時の、肌の温《ぬく》もりと幸福感。

やり直す機会を与えられて、これから僕らが歩むべき未来。

考えても仕方のないことだと分かっていても、それらをぐるぐると考え続けてしまう。あまりにも多くのことが起こり過ぎた。

温かいものでも飲んで心を落ち着かせようと、布団から出てヤカンに水を入れ、コンロに置いて火を点けた。すると僕の部屋の扉が開き、桜が出てきた。

「あ、ごめん、起こしちゃった？」

「ううん。全然眠れなくて。音が聞こえたから、雪くんも起きてるんだと思って」

紅茶を淹《い》れて、桜にもマグカップを渡した。常夜灯だけを点けた薄暗い部屋で、小さなキッチンの前に二人で立ったまま、しばらく黙ってちびちびとそれを飲む。

「ねえ、雪くん」

「ん？」

桜は両手でカップを持ったままうつむいた。さっきおやすみを言う前も、今と同じように彼女は何か言いたそうにしていた。

「……ちょっとだけ星を見ない？」

この部屋は二階建てアパートの上の階の端に位置していて、僕の部屋の窓を開けると向こうは駐車場になっているため、そこそこ広い空を見ることができる。二人で窓際に座って、開け放した窓から夜の空を眺めた。部屋の時計は夜の十一時五十分を指している。街灯のせいで星はあまり見えないけれど、時折流星が細い糸のように光って消えた。

「お母さん、いい人そうだね」と桜。

「うん」

「金髪を見た時はびっくりしたけど」

「似合ってないけどね」

「そんなことないよ。綺麗な人だった。私にも、優しくしてくれた」

彼女は膝を抱えて背中を丸めた。

「だから、余計、つらくなる」

「え、どうして？」

「……雪くんは、なんで人が流れ星に願いをかけるか、知ってる？」

「そういえば知らないな」

「昔の人は、空をドームみたいに考えてて、その向こうに神様がいるって思ってたみたい。それで、流れ星は、神様が天国のドームを開いた時の光で、流れ星が流れている時は神様がこっちを見ているから、願いが聞き届けられる……っていうことなんだって」

「へえ、そうなんだ」

「私、あのバスのひび割れた窓の向こうに降るふたご座流星群を見上げながら、星に願ったんだよ」

「何を？」

「雪くんと一緒に死ねますようにって」

息が止まった。僕はその時、気を失いそうな激痛の中で、桜と共に生きられる未来を願った。その時の寒さも、痛みも、握られた右手の温もりも、鮮明に覚えている。

「……どうして」

「だって、私、もう生きることに疲れたよ。ずっと寂しさと苦しさの中で、死にたいって思いながら生きてきて、でもそんな中で雪くんと出会って、大好きになって、やっと私の分かたれた半分に会えたんだって思えて、それが、苦しくても生きていく意味になって……でも、私たちは、恋人でいることが許されない関係だった」

「でも、これから、ずっと一緒に暮らしていける」

「それが私にはつらいよ。私たちが兄妹なんだって突き付けられてるみたいで、今日も、ずっと胸が張り裂けそうだった」

桜は膝立ちになり、座る僕に正面からゆっくりと覆いかぶさるようにもたれてきた。

「ねえ、雪くん」

彼女が僕に顔を近付ける。こんなのは、ダメなんだ。でも甘やかな苦しさに抗えずに、されるがままに唇を重ねてしまう。その温もりが、柔らかさが、僕の体も心も魂までをも捉えて離さない。

「生きなきゃいけない未来があるって、怖いよ」

震える声で桜は言う。閉ざした瞼から涙が溢れ、彼女の美しい頬を伝っていく。その雫が僕の頬も濡らした。

「一番幸せな時のまま、終わらせたいと思うのは、いけないことかな」

唇が離れ、冬の冷たい空気が触れる。

「ねえ、雪くん。私と――」

時計の針が、重なった。

❄　❄

気付くと僕は、自分の部屋の布団の中にいた。

「え……」

暗かったはずなのに、朝の光がカーテン越しに部屋を満たしている。見回しても桜の姿はどこにもない。

居間の方からテレビの音が聞こえる。布団から出て扉を開けると、『今日はふたご座流星群の極大日』というテロップが端に添えられた画面の中で、アイドルグループの元メンバーだという女性アナウンサーが、今夜の星模様について興奮気味に語っていた。

「新月のため月明かりの影響がなく、お天気も晴れ予報のため、絶好の流星観測日和になるでしょう」

「なんで……」

また巻き戻ったのか？　母と和解して、桜をうちに連れてきて、これからの道筋が見えて、いい方向に進んでいると思ったのに。

しばらく呆然とした後、今はとにかく動かなくてはと考え、外出の支度をした。アパートを出る前に、荒くノックをして母の部屋に入る。熟睡しているのは知っているので、すぐにカーテンと窓を開けた。

「母さん！」

「んん、なによ、うるさいね」

「今日、鳴瀬家に行くんでしょ？」

「……え、あたしあんたに話したっけ？」

驚きで眠気が吹き飛んだような母の表情を見て、やはりまた十二月十四日に巻き戻ったのだと確信した。

「桜のことは僕がなんとかするから、絶対に行かないで」

「は？」

「分かった？　鳴瀬家には行かないで。行ったら僕は家出するから」

「ええ？　何なのよ？」

「絶対に行かないで！」

「は、はい！」

アパートを出て足早に公園に向かう。とにかく、桜に会わなくては。彼女は僕と共に死ぬことを願ったと言っていた。それが本心の願いなら、一人で死のうとすることはないとは思うけれど、桜を一人にしたくなかった。

いつもの池のある公園、待ち合わせ場所にしているベンチに、桜は座っていた。僕があげたオルゴールボックスを膝の上で開き、それをぼんやりと見つめているようだった。待っていてくれたことに、ひとまず安堵する。

「桜」

「……雪くん」

彼女の隣に座り、言葉を探した。

池には数羽の鴨が呑気に浮かんでいて、貸しボートが二艘、それぞれ幸せそうな家族を乗せている。風が作った波が冬の朝日を乱反射して、水面を眩く煌めかせる。

「私ね、考えたんだ」と桜が小さく言う。

「うん」

「きっと、私の願いと、雪くんの願いが、同じ方向を向いてないから、明日が来ないんじゃないかなって」

僕も同じことを考えていた。僕はあのバスの中で、桜と共に生きる未来を願った。でも桜は、僕と共に死ぬ未来を願った。

もし、星に願いを叶える力が本当にあるとして。あるいは、天空のドームから地上を見下ろす神様みたいな存在が本当にいるとして。二つの相反する願いを同時に叶えてくれようとしたのなら、どうなるのだろう。

二つの願いは相克して、どちらも叶えられずに、世界の理《ことわり》を捻《ね》じ曲《ま》げてしまうんじゃないだろうか。そう、終了条件にバグが発生したせいで無限ループしてしまうプログラムみたいに。

オルゴールの曲が速度を落としていく。桜は蓋を閉めて、音楽を止めた。そして静かな声で言う。

「雪くんは、何を願ったの？」

「僕は、君と生きる未来を願った」

「どうして？」

「どうしてって……」

「あの夜行バスの中では、死んで終わらせたいって言ってたじゃない」

「あれは、色々衝撃的なことが重なり過ぎて……。それに自分の罪から、逃げたくて……。でも今日をやり直せるのなら」

「私は、世界の残酷性を知ってる。今日をやり直したって、私たちが兄妹であることが変わるわけじゃない。今日をやり直したって、傷付いたり絶望したりすることがなくなるわけじゃない。ひどい人はお父さんだけじゃないから」

僕は何も言えなくなる。

「あのバスで、一緒に死ぬことを決めた時、私、嬉しかったんだ。大好きな人と一緒に、苦しい命を終わらせることができるって、とても幸せなことだと思った」

「でも、僕たちは」

「うん。私たちは恋人ではいられない。でも、私は今も、雪くんが好きだよ。あなたを好きなまま、あなたが私を好きでいてくれるまま、永遠に眠りたい。このまま生きて、血が繋がっているからなんていう理由で、いつかこの感情が薄れて消えていくのなら、そんな未来には行きたくない」

そこまで言って、桜はうつむいた。この星の引力に引かれた黒髪がさらりと揺れて、彼女の顔を隠す。

「……それとも、雪くんは、もう、私を、好きじゃない？」

「そんなことはないよ。だから、ずっと、胸が苦しい」

「……よかった」

心からの安堵なのか、風に消えてしまいそうな、ため息のような声だった。

僕だって、今も君が好きだ。腕を引いて、強く体を抱きしめたい。そのシルクのような髪を撫でて、キスをしたい。桜と一緒に死ねば、この感情は永遠になるのだろうか。それは甘美な誘惑に思えた。

「……少し、考えたい。僕たちの、未来について」

「うん」

その後、僕たちは黙ったまま、長い時間ベンチに座っていた。家に帰りたくない桜は、ここで夜を迎えるという。一人にするわけにもいかず、僕もそれに付き合った。

夜になり、公園の街灯が照らす中で、桜がくれた腕時計を見ていた。長針、短針、秒針の全てが真上で重なる瞬間、視界が暗闇に覆われて、重力が縦から横に突然入れ替わるような奇妙な感覚の後、自室の布団の中で目覚めた。居間のテレビはやはり、今夜のふたご座流星群について語っていた。

僕は結論を出せないまま、何日も今日を繰り返した。

❄
❄

桜は律儀に毎朝、あの公園のベンチに座って、僕を待ってくれている。僕は彼女の隣で一日中池を眺めていた。本を持って行って読むと、次の日から彼女も本を読むようになった。二人で座って読書をしていると、図書室のカウンターの中で、二人で本を読んでいた静かで幸福な日々を思い出す。

毎朝アパートを出る前に、母を起こして鳴瀬家に行かないよう釘を刺した。巻き戻るから意味はないかもしれなくても、こうしないと母があの家で殺され続けると思うと良い気はしない。それに、何かの拍子で、閉ざされた今日が突然動き出すかもしれないから。

同じ一日を繰り返す中でも、桜に対する感情は薄れていくことはなく、日々愛しさは募るばかりだった。そしてその愛しさは、叶えてはいけないものと思うと、心臓に刃物を突き立てられるような痛みを生じさせた。

ループする日々の中で、ずっと考えていた。

桜と死んで、許されないこの愛を永遠のものにするか。

この愛を擦り減らしてでも、桜と生きることを選ぶか。


何日経ったか分からない。いや、僕らは同じ一日で足踏みを続けているから、正確には一日すら経っていない。でも体感では数か月が経った。

僕は悩み抜いた末に結論を出し、それを桜に伝えた。

僕が望むもの。僕の願い。

それは、大切で、愛しくて、仕方ない人が、世界の冷たさの中で苦しむことがあるとしても、それでも、生きてくれることだった。

共に生きていれば、その苦しみや痛みを分かち合うことも、肩代わりすることもできる。死んでしまっては得られない喜びや幸せも、目を閉ざしてしまっては見られない世界の優しさや美しさも、きっとある。それは他でもない、桜と共に過ごした大切で幸福な日々の記憶が、僕にそう思わせた。

彼女は静かに泣いていた。拒否されるかとも思ったけれど、長い沈黙の後、僕の決意を受け入れてくれた。

桜の手を取り、両手で優しく包んだ。それを祈りの形のように、自分の額に押し当てる。

「……ありがとう。君のことは必ず守る。ループの最初の日と同じように、母さんの知り合いの弁護士に依頼しつつ、アパートで一緒に暮らそう」

僕たちは、生きることを選ぶ。二人の願いが同じ方向を向けば、このループは終わるはずだ。

それは、僕たちの初恋が終わる時。

髪で表情を隠し、肩を震わせていた桜は、小さく声を漏らして泣き出した。その声は少しずつ大きくなり、しまいには顔を隠すこともやめて大声で泣いていた。

桜の涙が落ち着くまで時間がかかった。とうに誰もいなくなっている池には夕陽だけが射し、茜色《あかねいろ》の光が優しい波を作っていた。しばらく二人で、その美しい光景をぼんやりと眺めていた。

「ねえ、雪くん」

名前を呼ばれて彼女の方を見ると、桜は慌てて腕で顔を隠す。

「あっ、泣き過ぎて目が腫れてるから、あんまり見ないで」

「分かった」視線を池に戻し、「で、なに？」と問う。

「お願いがあるんだ」

「うん」

「今日は、今日だけは、恋人でいてくれる？」

「……うん。いいよ」

「やった。ありがとう。……じゃあさ」

右隣に座る桜が、左手で僕の右手を握った。思えばいつも、彼女は僕の右側にいる。もしかしたら胎児の時もそうだったのだろうか、なんてふと思った。

「今日の夜、一緒に、流星群を観ませんか？」

過去に、冬の図書室で同じように誘われたのが、もう遠い昔のように感じる。あの時はただ、純粋に、真《ま》っ直《す》ぐに、君に恋をしていられた。苦しいくらいに焦がれていた。

「いいね。そうしよう」

僕たちは、思い出をなぞるように公園を歩き、芝生の丘に登った。冬の太陽が沈むのは早く、辺りはすぐに群青の夜が覆っていく。一年前と同じように二人で芝生の上に寝そべり、星が満たす空を見上げる。桜は左手で、僕の右手を握った。

僕たちが図書室で出会ってから、共に流星を観て、恋人になり、今日に至るまで、楽しかった思い出を、桜はいくつも話した。それらを忘れないように自分の心に刻んでいるようにも、それらを心から解き放って忘れようとするようにも、どちらにも思えた。僕は彼女が夜空に放った言葉の全てを拾って、大切に胸にしまい込んでいく。

冬の風は昨日と変わらない冷たさで、僕らを撫でて通り過ぎていく。けれど今は、その冷たさの中に、どこか優しいものを感じた。それはきっと、僕たちの内側にあるこころというものの変化と、繋いでいる手の温かさによるものだろう。

真夜中の公園にひとけはなく、時折風が木々を揺らす音が混じる程度のしんとした静寂に包まれていて、けれどそのずっと向こうに耳をすませば、車が走る音や踏切の警報音なんかが微かに聞こえ、この世界に確かに人々の営みが存在するのだと教えてくれていた。

今でも不思議に思う。ここでこうして芝生に寝転んで夜空を見上げている僕たち二人以外の、世界中の全ての人間が、昨日と同じ行動をし、昨日と同じ感情で、昨日と同じことを考え、昨日と同じ呼吸をして、昨日と同じ夢を見て、昨日と寸分違わぬ「今日」を、今も繰り返しているのだろう。

それは動物や、昆虫や、細菌やウイルス、草花や、風などの自然現象も……もっと視野を広げれば、太陽系の星々の軌道や、そこに無数に存在する小惑星や宇宙に漂う塵や、さらには太陽系外のまだ人類が認識もできていない天体の砂の一粒までが、繰り返す「今日」に捕らわれているのだろうか。一体どういう仕組みなのか、ただの一人のつまらない高校生に過ぎない僕には見当もつかない。

ただ一つ、分かることは――

「あっ、流れたよ」

君が小さくそう言って、僕と繋いでいない方の右手で、少しだけ嬉しそうに夜空を指さした。

「うん、僕も見えた」

流れ星は、黒いスクリーンをチョークで引っ掻くように白い線を引いて、一瞬で消えた。朝のニュース番組で、月明かりもない今日は絶好の流星観測日和だと言っていた。

今度は二つ、連続して細い光が空を走る。少し間を空けてまた一つ。それらの放射点には、双子座アルファ星の兄カストルが輝いている。その斜め下に、弟のベータ星ポルックスが寄り添うように瞬く。

もう何度も見たはずの流れ星に、君は一つ一つ律儀に喜びの吐息を漏らして、僕の右手を強く握った。その度に僕の胸は甘く苦しく痛む。

泣いてしまわないように、右手の幸福な温度から気を逸らすように、僕は左腕を上げて手首を視界の中央に持ってくる。そこに巻いている腕時計を、公園の頼りない明かりで照らした。

黒いレザー風のバンドに、銀のベゼル、シンプルな白の文字盤に黒い数字が並んでいる。きっと高級なものではない。でも値段なんて関係なくとても大切で、毎日着けている腕時計だ。その針は今、夜の十一時、五十七分を示している。僕はそっと息を吸い、小さな声に変える。

「もうすぐ、今日が終わるよ」

「……うん」

君の声が、少しトーンを落とした。

「私たち、きっと、大丈夫だよね」

何が、なんて訊かなくても、君の言いたいことは痛いくらいに分かる。僕らの未来には、今でも不安と苦しさが暗く重い霧のように立ち込めている。でも、「明日」に向かうことを、僕たちは、ようやく決心したんだ。

「うん。きっと、大丈夫だ」

君が僕の右手を、強く握った。僕もそれを握り返す。同じくらいの強さで。きっと同じくらいの、強い気持ちで。

眼前に広がる夜空に、無数の光が尾を引いて流れる。まるで空一面を光で埋め尽くそうとでもしているかのようだ。

どんな原理で、どういった仕組みで、僕らが「今日」を繰り返してきたのか、僕には想像も付かない。でも、ただ一つ、分かることがある。

「今日」を乗り越え、二人で進むことを決めた、「明日」。

僕たちは、恋人ではいられなくなる。

そして、時計の針が――

重なった。

❄

❄

息が止まる。激痛が体の中心を貫く。体温が一気に下がったように感じる。

思考が混乱する。眼球が激しく動き、周囲の情報をかき集める。

幾人かの人たちの痛みに呻き、叫ぶ声。煙のような空気の匂い。

自分の腹部に突き立つ、無慈悲な氷のように冷たい金属の棒。

そんな馬鹿な。なぜだ。

いつもの公園で桜と手を繋いで流星群を観て、明日からあのアパートで共に暮らし、暴力を使わず父と戦うために弁護士に相談するはずだった。何日も悩んで、その結論を出したんだ。それなのに。

ここは、横転した夜行バスの中だ。なぜ。なぜ。

なぜここに戻って来るんだ！

「雪、くん」

桜の声が聞こえた。彼女の左手の温もりを、僕の右手に感じる。

「なんで、ここに」

彼女の声は震えている。何か答えようとしても、自分の声は出なかった。代わりに体の奥から抗いがたい衝動が駆け上がり、喉を通って、ごぼりと音を立てて僕の口から赤黒い液体が吐き出された。それは不気味な生温さで口元や喉を濡らし、夜気ですぐに冷たくなっていく。

静かなループの日々の中で忘れかけていた光景が鮮明に蘇《よみがえ》る。崩れ落ちる母の体。海のように広がる血。父に蹴られた痛み。陶器の破片で何度も突き刺す感触。体中に染み付いた血の臭い。絶望、恐怖、憎悪、人を殺した痛み、ああああああああああああああああ！

叫びたくても声が出ない。喉に血が張りついている。涙は枯れ、それでも血は口から流れ出す。

「雪くん、いや、いやだよ」

桜が僕の手を強く握り、揺する。

「一緒に生きようって決めたじゃん！　死んじゃやだよ！」

そう、僕たちは、一緒に生きると決めた。でも、僕は、もう。

せめて、どうか、君だけでも。

声が出ない。泣き叫ぶ桜の声が、だんだん聞こえなくなってきた。耐えがたいほどだった痛みが、不思議と引いていく。目も開けていられない。

僕はきっと、もうダメだ。

でも、どうか、君だけでも。

生きて、くれ。

❀
❀

「いやだ！　雪くん！」

彼が目を閉じた。

「ああ、あああ……」

こんなの、ひどい。

「あああ！　ああああああああ！」

何日も悩んで苦しんで、一緒に生きるって決めたのに。

どうして雪くんが死ななければいけないの。

「うわあああああああああああああ！」

どうして世界はこんなに残酷なの。

こんな世界、終わってしまえ。壊れてしまえ！

ポロン。ポロン。

どこかでオルゴールが奏でる音が聞こえた。星に願いを。

ひび割れた窓の遠く彼方《かなた》で、ふたご座流星群の星がいくつも光って流れて消えた。

そうだ。また願おう。さっきよりも強く。

でも私は、ふと思いを止めた。

私と出会ったから、彼はこんな目に遭った。

私なんかと出会わなければ、彼は平穏に生きられた。

好き合った私たちが双子だと知ることも、お母さんが目の前で殺されるのを見ることも、生きるために父を殺すことも、逃げ出してバスの事故に巻き込まれることもない。

私の存在が彼をここまで追い込んだ。私の存在が彼を不幸にしてしまう。

それなら。

降り注ぐ星に、私は願う。強く強く願う。

神様。いるんでしょう。無慈悲で残酷な神様。

どうか。どうか。どうかどうかどうか！

彼のいない明日なんて来なくていい！

今日をやり直して、私なんか忘れて、私と出会わずに、彼が幸せに生きる世界を！

お願い！

❊　❊　❊

瞼の向こうに光を感じる。どこかで鳥が囀《さえず》るのが聞こえる。

ゆっくりと夢が醒《さ》めていくような、不思議な感覚。

目を開けるとそこは、私の部屋だった。

私は飛び起きるように布団から出た。枕元に置いてあるスマホの画面を点ける。そこに表示された日付は、十二月十四日。時刻は朝の七時。もう何度も見た数字だった。

また戻ってこれた。心臓が苦しいくらいにドクドクと鳴っている。自分が息を止めていたことに気付いて、思い出したように吐き出す。

雪くんはどうなっただろうか。彼もこっちに戻っただろうか。雪くんはスマホを持っていないし、家にも電話がないそうだから、連絡手段がない。私はばたばたと着替えて外出の準備をした。お父さんが私のスマホに位置追跡機能を入れているのを思い出し、スマホは電源を切って部屋に置いたまま、寝ている父に見つからないように、そっと家を抜け出した。

いつも待ち合わせ場所にしている、池のある公園のベンチに座った。ループの中では、雪くんはだいたい九時頃にここに来ていた。不安に苛《さいな》まれながら、彼を待つ。けれど、太陽が真上に昇っても、赤く傾いても、地平線の向こうに沈んでも、彼は来なかった。そのまま日が変わるまで待ち続けた私は、気付くとまた自分の布団の中で目覚めた。スマホの画面が知らせる日付は、十二月十四日。

もし、このループする世界に彼が来ていなくて、私一人だけがこれから同じ一日を永遠に繰り返し続けるのなら――そう考えると、その途方もない孤独にぞっとした。それは誰もいない世界に一人で放り出されるのと、何が違うだろうか。

いつものように家を出て、公園の方向に歩きながら、私は考える。

前のループの中で、苦しくても二人で生きていこうと決めて、彼と手を繋いで流星を見た。明日に進むことを決めた私たちが向かうのは、その先に繋がる未来だと思っていた。

でも実際は、あの横転したバスの中。母が父に殺されて、雪くんが父を殺した、あの地獄のような一日を、何も変えられていない。過去も未来も変えられないという冷たい現実を、私は思い知らされた。

私の願いは、彼が私を忘れ、私と出会わなかった世界。それが本当に実現しているのなら、私を忘れた雪くんがあの池の公園に来るはずがない。

歩く足が止まった。願ったこととはいえ、心が重くなっていく。彼が私を忘れた世界に、一体何の意味があるだろう。

それでも、彼がこのループする世界に来ているかだけでも確認しようと、私はまた歩き出した。これまでに二回、連れられて行ったことがあるあのアパートへ、記憶を辿って道を行く。

三十分ほど歩いて狭い路地に入ると、見覚えのある小さなアパートが見えた。古ぼけて壁がくすんだ二階建てのそのアパートには、一階と二階にそれぞれ三部屋ずつしかなくて、外から各部屋のドアが並んでいるのが見える。あの二階の角部屋に、彼はいるのだろうか。

アパートから少し離れた位置に立ち、孤独と不安に押し潰されそうになりながら、その部屋のドアが動くのを待った。一時間くらい経った頃、雪くんがドアを開けて出てきた。またその姿を見れたことにほっと肩の力が抜ける。彼は階段を下りて、私が立っている方向に歩き始めた。声をかけたくなる気持ちをぐっと抑えて、私も歩き出す。彼と距離が近付く。心臓の鼓動が速くなっていく。

そして雪くんは、私の横を通り過ぎた。

足を止めて振り返る。その背中が遠ざかっていく。泣きそうになるのをこらえた。

今の彼にとって私は、顔も名前も知らずにすれ違う、ただの通行人なのだろう。

星は私の願いを叶えてくれた。雪くんは私を忘れ、私と過ごした日々もなかったことになった。このループする世界が、仮初《かりそめ》の紛い物だとしても、平穏な人生を過ごしてきた記憶を持って、ここで生きてくれれば、私はそれでいい。うん、それでいい。

それでいいんだ。

私は深呼吸をして、零れた涙を拭った。

さよなら、大好きな人。

❀❀❀

一人で繰り返す十二月十四日は、やはり寂しくて虚しいものだった。これまでまともに友達を作ったこともない私は、話し相手も相談する先もなく、ほとんど言葉を発することなく日々を過ごした。いつか声を出す方法を忘れてしまうんじゃないかと思うほど。でももしそうなったとしても、別に困ることはない。

家にはいたくないので、朝目覚めたらすぐに準備をして外に出る。当てもなく散歩をしたり、書店で本を立ち読みしたり、ひとけのない暗がりで一日中オルゴールの奏でる音楽を聴いたりして過ごす。夜も家には帰らずに、コンビニや誰もいない公園で時間を潰し、二十四時になって巻き戻るまで外にいた。

電車に乗って遠出をしたこともあった。今日の開始時点で私が持っているお金は、使ってもまた朝が来れば戻るという気付きが、私を少しだけ自由にした。けれどどれだけ遠くに行って、広い海や綺麗な景色を眺めても、どうしたって私は独りで、そして朝が来ればあの暗い家に引き戻される。やがて私は一人旅にも飽きていった。

自分の体を傷付けてみたこともある。

痛いのは怖かったけれど、この先、未来永劫《えいごう》、永遠に一人で、灰色の今日をループし続けるのだろうかという恐怖は、痛みへの忌避を上回った。いつでも死んで終わらせることができるという安心感を、お守りのように持っていたかった。

けれど、試しに二十四時になる直前にカッターで指先を切っても、その直後にはその傷も痛みも消え去って、私は布団の中で目覚める。

別の日、散歩の中で見つけた廃ビルに忍び込んで、息を切らして階段を屋上まで上がった。ここから飛び降りたらどうなるんだろうと下を見下ろすと、その高さに足が竦《すく》んで体が震え、こんな状況になっても生物としての死の恐怖を自分の体は持っているんだと感じた。それが悲しくて、情けなくて、どうしようもなく寂しくなって、私は誰もいない屋上に座り込んで声をあげて泣いた。

声が嗄れ、涙が枯れるまで泣き続けても、二十四時になれば私は布団で目覚める。そうなるともう泣き直す気にはなれなくて、いつも通り起き上がる。この世界で雪くんが生きているという認識だけを自分の救いにして、私は生きていくことを決めた。

何もかもが色を失っていく繰り返しの日々の中で、唯一の彩りになるのは、やはり読書だった。昔から本だけを友にして生きてきた私は、ページの中の世界に没頭するのは得意だ。今日が巻き戻っても、物語を読み進めた記憶は私の中から消えず、また続きを読むことができた。

雪くんといつも待ち合わせをした池の公園は、二人の家のちょうど中間辺りに位置していて、そしてその公園の近くに綺麗な図書館がある。図書館は物語の宝庫で、私が経験したことのない世界が沢山あった。物語の中では私は孤独ではなくて、周りには優しい人がいて、確かな時間が流れていて、そして何より、幸福でも不幸でも、結末が用意されているという安心感がある。

毎日のように図書館に通って本を読み漁る中で、ある日、雪くんの姿を見かけた。私はとっさに本棚の陰に隠れ、複雑な感情で胸が苦しいくらいに高鳴るのを感じながら、そっと彼を眺めた。雪くんは小説のコーナーからたっぷり時間をかけて一冊を選び、並べられた椅子の一つに座って読み始めた。

何を読んでいるの。どんなことを考えているの。ループする世界で、どんな日々を送っているの。声をかけたくなってしまう。でも今の彼は、私を知らない。

私も本を持って、気付かれてしまわないように彼の後ろの席に、背中合わせでそっと座った。高校の図書室で図書委員として出会ってから、こうして二人で静かに本を読んだ心地良い時間を思い出す。雪くんは閉館時間ギリギリまで本を読んで、何も借りずに帰って行った。

翌日も、私が図書館に向かうと、彼はもう同じ椅子で本を読んでいた。私も同じように本を取って、その後ろの席に座る。そんな静かで穏やかな日々を、いくつも送った。

平穏で静寂な、けれど代わり映えのないループに大きな変化が訪れたのは、私がいつもより早く図書館に向かった日だ。前日に読んでいた物語が佳境を迎えていたところで閉館時間が来たので、早く続きを読みたくて、急いで歩いていた。それがいけなかった。

あと少しで図書館に着くという距離の、住宅街の終わりの曲がり角で、私は誰かにぶつかり、その反動と驚きで地面に尻もちをついてしまった。

「あっ、ごめん、大丈夫？」

「こちらこそ、すみません」

久しぶりの人との接触に緊張しながら立ち上がり、スカートについた汚れを払う。もう一度謝って立ち去ろうと相手の顔を見上げたら、雪くんがそこにいた。私は驚き、思わず後ずさる。

私といると、彼はどこまでも傷付いていく。私は雪くんと会ってはいけない。

気付くと駆け出していた。彼から少しでも離れるように。けれど、

「待って！」

後ろから雪くんの声が聞こえ、彼が追いかけてくるのが分かった。来ないで。あなたは私と会っちゃいけない。

走っても、走っても、彼が諦める様子はない。どうして、知るはずもない私なんかをこんなに追いかけるのだろう。もしかして、私のことを、覚えているんだろうか。

池の公園に繋がる階段を駆け下りる。

「待てって！　話をしたいだけなんだ！　なんで逃げるんだよ！」

息が切れ、足がもつれて、倒れるように地面に手を付いた。近くに雪くんも膝を付いて座る。

「追いかけて、ごめん。怖がらせた、かも、しれない。でも、どうしても、話が、したくて」

苦しい胸に空気を取り込みながら、私は思う。やっぱり、彼は、私を忘れていないんだろうか。そのことを嬉しいと感じてしまう自分に、ちくりと胸が痛んだ。

でも、続けて彼が言った言葉が、小さな喜びを打ち消した。

「君も、この一日を、ループしてるんだろう？」

決定的だ。彼は私のことを知らない。前のループでもう何日も一緒にそれを経験してきたことを知っているなら、そんなことは訊かないだろう。

警戒を解こうとしているのか自己紹介をする彼の言葉を聞きながら、ぎしぎしと軋むように痛む胸を抱えて、私は一つの決意をした。

もう誤魔化せない。逃げるのも不自然だ。それなら、今初めて知り合った人として、彼に接しよう。今でも体の内側を満たす愛情は、私の中だけに秘めたまま。

「私……は……」

このループを抜けたら、私たちはまたあの壊れたバスの中に戻される。今度こそ彼は死んでしまう。絶対に、このループは終わらせない。そのためにも、彼をこのループの中に縛り付けなくては。永遠に。永久に。

ゆっくりと息を吸い込むと、冷たい覚悟が体中を満たしていく。迷いや躊躇いの全てを、息と一緒に吐き出した。

「私は、鳴瀬、桜、です」

私はこれから、最愛の人に、最低の嘘をつく。

[δ]　Makes no difference who you are

❄ ❄ ❄

桜の家の中。喧嘩のような声や物騒な物音が聞こえて駆け込んだそこには、頭から血を流した母が転がっていて、金属バットを持った男が傍らに立っていた。

そしてそいつは今、一切の躊躇いもなく、僕をその血塗られたバットで殴打するために振りかぶっている。

「雪くん！」

桜にコートを引っ張られ、体が後ろによろめく。横薙《な》ぎに振り抜かれたバットの先端が音を立てて鼻先を掠めていった。

なぜ母が殺されたのか。なぜ僕が殺されようとしているのか。状況を理解している暇はない。考えていたら殺される。それでは桜も守れない。

短く息を吸って、目の前の光景に集中する。男は舌打ちをして再度バットを持ち直した。まるで野球のバッターのように足を開いて腰を落とし、バットを両手で握り顔の横で構えている。その構えなら、バットは水平方向に振られる。

男の体が動いたのが見えた。僕は屈んで体を低くし、男の腹部めがけて体当たりをする。僕の頭上でバットは空振りし、突進の衝撃でバットは男の手を離れて食器棚にぶつかり激しい音を立てた。

「てめえ！」

武器を失った男は握った拳を僕に向けて振るう。僕は敢《あ》えてそれを避けなかった。男の手は僕の顔を貫通し、袖口だけが顔にぶつかる。

「なっ！」

男は驚いて手を引き、自分の手を見て、そして僕を見る。

「なんなんだ、お前は……」

僕は半分死んで半分生きているような、中途半端な状態なのだろう。だから生物が体をすり抜ける。無機物は体に当たるから、バットで殴られたらどうなるのかは分からない。僕が死んだ場合にループがどうなるのかも分からない。結局同じ日の朝に戻るだけかもしれない。でも僕が動けなくなったら、目の前の男は桜をも殺そうとするだろう。

それだけは、絶対に、させない。

転がっていたバットを取った。それは床に広がった母の血でべったりと濡れていて、不快な感触がぬちゃりと手に伝わる。両手でグリップをしっかりと握り、頭の上に振り上げた。

男は僕を見て不敵に笑った。

「ははっ、実の父親を殺そうとするとは、お前も俺に似てきたな、雪」

「……は？」

「お前、青峰雪だろ？　そこに転がってる女が母親で。そいつにお前を産ませたのが俺だ。でかくなったなぁ、何歳だ？」

混乱する。頭の中を強引に掻き乱されるような感覚。

目の前の男が、僕の父親？　桜の父親じゃないのか？

「言わないで……」

桜の震える声を無視して男は続けた。

「ああそっか、お前と桜は双子だから、同じ年齢だよな。ええっと、桜は何歳だったっけな。はははっ、忘れちまった」

体から力が抜ける。バットが手から離れ、音を立てて床に落ちた。

僕と、桜が、双子？

放心する僕に、男は親切そうな笑みを浮かべながら歩み寄る。

「今日は何しに来たんだ？　ん？　親子の感動の再会でパーティでもするか？」

「もうやめて、お父さん……」

「そういえばなんで桜と一緒なんだ？　お前ら一歳の時に離したから、お互いのことを知らないはずだけどな。まさか双子だって知らないままデキちまったか？　傑作だなハハハハハハ！」

男は笑いながら足を振り上げ、僕の腹を蹴り飛ばした。その衝撃でテーブルに激突し、床に崩れ落ちる。これまで感じたことのない激痛に顔をしかめる。

僕が落としたバットを男が拾い上げるのが見えた。それを持って、まだ立ち上がれない僕の方に近付いてくる。

何とかしなくては。桜が僕にとって何だろうと、大切であることは変わらない。桜を守りたい。桜を傷付けさせない。そのためには、あいつを殺してでも止めなくては。

這うように後ずさる僕の右手に、冷たい何かが当たった。見ると、それは割れた陶器のマグカップの欠片だった。ナイフのように鋭利に尖ったその大きな破片を、僕はしっかりと右手に握りしめた。

僕の目の前で、男がバットを振り上げる。その顔には、今が楽しくて仕方がないような笑みを浮かべて。

僕は歯を食いしばり、右手に握った破片の先端を渾身の力で男の太ももに突き刺した。男は叫んでしゃがみ込み、傷口を押さえる。まだだ。これだけじゃ反撃される。殺される。僕が。桜が。だから、殺さなきゃ。

「ああああああああああああああああ！」

僕は獣のような雄叫《おたけ》びをあげ、陶器の刃物を幾度も男に突き立てる。腹に、足に、腕に、胸に。仰向けに倒れた男に馬乗りになると、男はそれでも抵抗しようと僕を殴ろうとしたが、その手は僕の顔をすり抜けた。僕は叫び、男の体を突き刺し続ける。何度も。何度も。何度も。

「ああ！　あああ！　ああ……」

体の感覚がなくなって、腕が思うように動かなくなってくる。血の臭いが肺を満たす。視界はぐらぐらと揺れ続けている。それでも、殺さなきゃ、殺される。

「もうやめて雪くん！　もう死んでるよ！」

後ろから桜に抱きとめられ、力なく振り上げた腕を止めた。男はもうぴくりとも動かず、辺りは血の海になっていた。呼吸が乱れ、自分の心臓がドクドクと脈打っている。手から陶器の破片が落ち、床に転がった。

恐怖と憎悪が空っぽにしていた頭に、冷たい現実が滲むように浸透してくる。母の死。僕と桜の関係。僕がしたこと。それらは闇を纏って絶望に形を変えていく。

　そして、次々と頭に飛び込んでくる情報に、僕は頭を殴られるような衝撃を受けた。

「僕は……前にも……これを、経験してる」

「え……？」

「この後、桜は、逃げようと、言った……」

「え……雪くん」

「それで僕は、シャワーを浴びて……」

「ダメ！　思い出さないで！」

　後ろから僕の肩を抱き締める桜が、腕の力を強くした。でも僕の知らない様々な光景が、桜と交わした会話が、音が、匂いが、光が、洪水のように頭に押し寄せる。

「君と、夜行バスに乗って、あ、ああ……」

「あなたはここで私と生きるの！　大丈夫、日が変われば全部なかったことになるから！　こんなの夢だよ！　全部忘れて、また楽しいループを続けようよ！」

「でも、僕は、あのバスで」

　赤黒く粘つく感情が心をぐちゃぐちゃに掻き乱していく。最後の光景は、横たわって動かなくなった自分。

「あ、ああ……痛い。寒い。怖い。僕は、もう。ああ、あああああああ！　ああああ

あああああああああああああああああああ！」

「やだよ！　お願い！　忘れて！　私を置いて行かないで！　ねえお願い！　神様！　神様！」

首筋が温かい雫で濡れるのを感じた。桜が泣いているのだろうか。肩を強く抱かれる痛みと、彼女の涙の感触が、少しずつ僕を落ち着かせていった。


熱いシャワーで血を落とし、血塗れになった服を着替えて、僕は桜と二人で彼女の部屋に入り、最低限の家具しかない簡素で薄暗いその部屋の壁際に座った。両親二人の死体があるあの部屋にはとてもいられない。かといって今から別の場所に移動する気力もない。だから僕はこの部屋をシェルターのように思う。二十四時が来て、今日がリセットされるまでのシェルター。

桜が淹れてくれた熱い紅茶を飲むと、ずっと続いていた体の震えが少しはましになった。けれど暖房もないこの部屋は寒く、桜が毛布を取り出して、身を寄せ合って座る僕たちを包んだ。

毛布の中で右隣に座る桜に、小さな声で僕は言う。

「このループは、二回目だったんだね」

「……うん」

「僕をここで生かすために、桜が二回目のループを作ったのか」

「……ごめん」

「謝らないでよ。助けようとしてくれたんだもんな」

僕も自分の二度目の願いを、朧げながら思い出していた。自分の命の終わりを感じ、最後に無数の流星に願った。つらいことを全部忘れて、桜とまた今日をやり直せたらいいのに、と。でもその時、僕は、どこにいた？　まだぼやけている最期の記憶。僕の目に映る光景は、ひび割れた窓の向こうの小さな夜空ではなく……。いや、それは今はどうでもいいことだ。

桜の話によれば、彼女は一度目のループを抜けた後、僕が彼女の存在を忘れてやり直すことを願ったらしい。だから僕は桜のことを忘れ、彼女の存在に強く紐《ひも》づいた一度目のループのことも忘れ、一人で生きていた。そして偶然、桜と再会した。

「一回目のループでは、僕は二人で生きることを願って、君は二人で死ぬことを願った。だから二つの願いの方向が揃《そろ》わなくて、ループが起きた」

「うん」と桜は小さくうなずく。

「二回目で僕は、嫌なことを忘れて桜とやり直すことを願った。君は、僕が桜のこと

を忘れて未来を閉ざすことを願った。今回も二つの願いが一致しなくて、ループにな
ったのかな」

「そう、かもしれない」

「世界って案外いい加減なんだな」

「……うん」

「僕たちはもう、一体どれくらい、今日をやり直しているんだろうね」

「一回目のループも入れると、二年、くらいかな」

「二年……」

声にして口に出しても、その期間が長いのか、短いのか、もう僕は時間の感覚が分
からなくなっていた。

僕たちはしばらく言葉もなく、押し黙った。彼女の部屋にある時計だけが、静かに
リズムを刻み続けた。僕たちを優しく包む毛布と、隣に座る桜の存在が、冷え切った
体を心地よく温める。瞼が、重くなっていく。

「……眠くなってきた」

「私も」

「今日は、疲れたな……」

「うん」

「僕はこのまま、眠るよ」

時計を見ると、夜の十一時だった。今眠ったら、目覚める時は自分の部屋だろうな、と僕は考える。

「ねえ、雪くん」

「ん？」

「明日、また、会ってくれる？」

「もちろん」

「よかった……」

僕の肩に、桜の頭が乗せられた。その重さを愛おしく思う。僕もそこに頬を寄せ、目を閉じる。すり抜けてしまっても、そこに確かにある彼女の命の温度を感じられるような気がした。

辺りは静かで、僕たちがいるこの部屋だけを残して、世界が全て消え去ってしまったかのような夜だった。そうだったらいいのにと思いながら、僕は深い眠りの中に落ちていった。

夢の中で、僕は星空の下に立っていた。辺りには何もなく、地平線まで続く広大な芝生の上に僕は一人立ち、降りしきる流星の夜を見上げていた。

自分が涙を流しているように感じたけれど、それは世界を満たす流星の一つなのかもしれなかった。星は止めどなく流れ、幾億もの人々の願いを乗せていく。それが光となって天に昇り、また一つの星を作る。

僕はいくつもの星を目元から生み出しながら、ある一つのことを願い続けていた。

それは苦しいくらいに胸を締め付け、熱く切実な想いを溢れさせる。

この願いが叶うのなら、他には何もいらない。

欠けていた僕が、そう思えるようになったことを、幸福に感じる。

巡り合えた幸運に感謝する。

神様、もしそこにいるのなら、たった一つ、この願いを聞き届けてください。

どうか。どうか。どうか。

君が、幸せでありますように。

無数の光が放射状に流れ、暗い夜空を埋め尽くすほど眩く線を引いていく。

そうして僕は、一つの決意が心に宿るのを、しっかりと感じた。

❄ ❄ ❄

自分の布団で目覚めた後、今夜のふたご座流星群について語るテレビを消して、外出の準備をし、学習机の上に置いてあるいつもの腕時計を取って左手首に着ける。銀のベゼルに黒の文字盤。幼い頃に母から譲り受けた、長い付き合いの腕時計だ。

熟睡している母を叩き起こし、鳴瀬家に行かないよう釘を刺してから、待ち合わせの公園に向かった。ベンチには既に桜が座っていて、僕を見つけて嬉しそうに微笑む。

今の僕は、高校一年の図書室で君と出会い、初恋をした自分と、君のことを全て忘れたループの中で、もう一度君に初恋をした自分の、二人分の記憶がある。その上で、その恋が許されないものであると知らされた衝撃も、痛みも、悲しみも、二回分の記憶がある。

その全てを知った今、心はぼろぼろに傷付いていても、それでも君の笑顔を見ると、この胸はいまだ熱く高鳴る。

「雪くん、おはよう」

「おはよう、桜」

二度もこの愛情を否定されても、それでもなお愛しさは募る。大切で仕方ない人に、幸せになってほしいと思う。そのために、僕にできることは……。

いつもと同じように彼女の左に座って、池を眺めた。もう何度、君の隣でこの景色を見ただろうか。そこで泳ぐ鴨や、家族が漕ぐボートが作り出す優しい波、それを構成する水の粒子の一つ一つまでもが、昨日と寸分違わぬ動きをしているのだろうかと思うと、改めて不思議な気持ちになる。

「雪くん、今日はどこに遊びに行こうか？」

「……うん」

「これまで色々行ったけど、そういえば水族館って行ってなかったよね。ちょっと遠いんだけど、葛西臨海公園《かさいりんかいこうえん》っていう所に綺麗な水族館があるみたいで――」

「桜」

「うん？」

彼女が僕を見る。その綺麗な瞳を、美しい頬を、冬の朝の透明な光が照らす。

僕は左手を伸ばし、彼女の右頬に触れようとした。でもその手はやはり、何の抵抗ももたらさず、すり抜けてしまう。桜は少し頬を赤くして、僕の手の感触を想像するように目を閉じた。

「僕は、ずっと考えてた」

「うん。何を？」

桜は幸せそうに口元を綻ばせて、目を閉じたまま言った。撫でられることを喜んでいる猫のようだと僕は思う。

「僕の、一番の願いについて」

「今日を、やり直すこと？」

「それは、何というか、その場しのぎで、表面的で、即席なもので、僕の願いの本質じゃなかった」

「雪くんの、願いの、本質？」

僕が手を離すと、彼女は閉ざしていた瞼を開けた。

「それは、君が幸せになることだ」

桜は不思議そうに首を傾《かし》げる。シルクのような髪がさらりと揺れた。

「私は、雪くんといられるなら、幸せだよ」

「でもそれは、この、時間が止まった仮初の世界に限られたものだ」

僕が何を言おうとしているのか、君はもう分かったんだろう。はっと息を呑み、視線を池の方に向けた。

「い、いやだ。聞かない」

「聞いてくれ」

「聞きたくない！」

そう言って君は首をぶんぶんと横に振って、両手で耳を塞いだ。

僕はベンチから立ち上がり、桜の前に膝立ちをして視線の高さを合わせる。

「桜、僕は君が大切なんだ」

「聞かない！」

「大切な人に幸せになってもらいたいと願うのは、とても自然なことだよ」

「いやだ！」

「君が僕のために願って、この時の止まった世界を創り出してくれたのは、嬉しいよ。おかげで色んな場所に行って、色んなことを楽しめたし、知らなかった沢山のことも知れた。……僕はずっと母のことを、自分の子供に興味がないひどい親だと思って嫌っていたんだけど、それは僕の誤解で、ちゃんと大切に想われていたことも知れた」

「で、でも、現実では、お母さんはもう死んじゃってるんだよ。ここにいれば、毎日会えるよ」

「うん。でもその毎日は、本物じゃないんだ」

「偽物でも、夢でも、仮初でも、時が止まってても、いいじゃん。幸せな方がいいに決まってるよ……」

彼女の目元から、いくつもの透明な雫が流れて、光を反射する。その涙も、切実な願いが込められた流れ星の一つなのだろう。

「でもその幸せは、たぶん、いつか、薄れていってしまうよ。何十年、何百年、何千年と、この世界で二人生き続けることは、もしかしたらできるのかもしれない。でもそれでは、いつか心が死んでしまうと思う」

「それでもいい……あなたのいない明日よりもずっといい……」

流れ続ける涙を、桜は両手で何度も拭う。僕の胸は、今にも破れてパンクしてしまいそうなほどに、ずきずきと痛み続けている。

僕といることが幸せなのだと、君は言ってくれる。それはとても嬉しい。僕に幸せをくれる言葉だ。

でも、桜にとっての本当の幸せを考えれば考えるほど、このループし続ける幻のような世界は終わらせなければいけないと感じる。僕を生かすために、桜はこのループに囚《とら》われて、もう二年間も同じ日を繰り返し続けている。それは僕がいる限り、この先も永遠に続いていくのかもしれない。

「僕はもうどうやっても生きられないけど……君が正しく未来を歩いて、本当に幸せになるために……。このループを、終わらせよう」

「雪くんがいない世界なんて、もう私には意味がない。このループが終わって、あなたが死んだら、私も一緒に死ぬから」

そう言って君は真っ直ぐに僕を睨んだ。その目は赤く濡れていて、視線は射貫《いぬ》くように僕の心に突き刺さる。

「桜、君は、一回目のループを抜けた後、あの横転したバスの中で死にかけの僕を見て、僕に生きてほしくて、僕に幸せになってほしくて、星に願ったんだろう？　それと同じだ。例えそこに僕がいなくても、僕は君に生きていてほしいし、幸せになってほしいよ。これが僕の、切実で、一番の、願いなんだ」

「そんなの、ずるいよ」

君はまた表情を崩し、涙を溢れさせる。

「生きるのは、怖い。あなたがいないのは寂しい」

「うん」

「でも、そんなこと言われたら、生きなきゃいけなくなるじゃん」

「生きてよ」

僕の目からも涙が零れ、頬を伝って落ちていく。

「生きることの苦しさや、怖さは、僕も知ってる。だからこれは、とても残酷な願いなのかもしれない。でも、生きていなきゃ感じられない楽しさや、幸せ、美しい景色や、人の温かさも、この世界には確かに存在してるって、僕は君との時間の中で、知っていったんだ」

両手を伸ばして、桜の手を掴む。その手はすり抜けてしまうけれど、桜は右手を出して、僕の手に合わせて動かしてくれた。僕は彼女の右手に、姫に誓いを立てる騎士のように、この胸に溢れる願いを込めて、口づけをする。

「怖くても、寂しくても、傷付いても、前を向いて歩いて、幸せになってほしいんだ。大好きだから、大切だから、愛してるから、生きていて、ほしいんだ」

桜は、もう涙を拭うこともやめ、

「うああ……」

小さな子供のように、声をあげて、

「あああ……」

僕の願いを、ゆっくりと、少しずつ、受け入れるように、

「わああああああああああああああああ！」

長く、長く、泣き続けた。

[epilogue]　Fate is kind

＊＊＊＊

瞼の向こうに、温かな光を感じる。どこかで鳥が囀る音が聞こえる。

懐かしい夢が消えていく余韻の中、ゆっくりと目を開けると、私は自分が泣いていることに気付いた。でももう、見ていた夢の内容は、遠く消えてしまった。

布団から出て涙を拭い、思いっきり伸びをして、カーテンを開ける。

レースカーテンで濾過《ろか》された清涼な春の朝の光が部屋いっぱいに射し込んで、眠気を溶かしていく。窓の向こうでは満開の桜が重そうに枝を揺らして、開いた花を誇らしげに青空に向け輝かせていた。

大きめのカップにカフェオレを入れて、買ったばかりのオーブントースターでパンを焼いてバターを塗り、簡単な朝食にする。

出かける準備をして、玄関で靴を履いて重いドアを開けると、冷たさの中に次の季節の暖かさを感じさせる柔らかな風が吹き、私の髪を揺らした。

「気持ちいい」

目を閉じて、風の心地よさを全身で味わう。

「行ってきます」

誰もいない七畳の小さな部屋に小さくそう告げて、ドアに鍵をかけた。

私は高校を卒業した後、奨学金をもらって、憧れだった本屋さんでアルバイトもしつつ、東京で安いアパートを借りて、大学に通い始めた。

小、中、高、と決められた時間割に従って自分の席で授業を受ける日々だったので、自分で受けたい講義を選択して、それに合わせて教室を移動するという大学の自由さには驚いた。

選択によってはぽっかりと時間が空く日もあり、そんな時は敷地内を散歩したりするのだけど、同じように時間の空いた学生が楽しそうにお喋りしながら明るいキャンパスを歩いているのを見ると、自分がほんの少しだけ大人の仲間入りをしたような気がした。

今は入学してから半月ほどが経ったけれど、まだ慣れない校舎への道を、ほんの少しの緊張と、一握りのわくわくとした気持ちを持って、ゆっくりと歩く。時折風に吹かれて桜の花びらが、ひらひらと横切っていく。

「桜、おはよ」

声をかけられて振り向くと、大学で初めてできた友達が立っていた。履修登録の説明会で隣に座った子で、一人で不安そうな顔をしている私が消えていってしまいそうで、心配で声をかけてくれたらしい。

「おはよう、七海《ななみ》」

私が挨拶を返すと、七海はにこりと笑ってくれた。

二人で他愛ない世間話をしながら歩いていると、校門の柱の前に男の人が立っていて、私たちに手を振った。

「樹《いつき》、おはよ」と七海がその人に言う。

「おはよう七海。鳴瀬さんも」

「うん、おはよう真宮《まみや》くん」と私も小さく頭を下げた。

真宮樹という名前のその男の人は、七海の恋人さんだ。二人は実家が近く、幼馴《おさな》染《じみ》というやつで、幼稚園に入る前の頃からの知り合いなのだそうだ。二人はとても仲が良くて、幸せそうで、二人のやり取りを見ているとこっちまで幸せな気持ちになってくる。それと同時に、私にもいつか、こんな素敵な恋人ができるだろうか、なんて夢見てしまう。

でも、そんな二人も、とてもつらい過去を経験してきたからこそ今の心の繋がりがあるのだということを、私は後に本人たちの口から聞いて知ることになるのだけど、それはまた、別のお話。

七海と真宮くんと私の三人は、同じ文系の学科に通い、ほとんど講義も一緒。二人の邪魔になっていないか心配になった私は、少し前に七海に訊いてみたことがあるけれど、そんなことないよと優しく笑って言ってくれた。それくらいで壊れるような弱い絆《きずな》じゃないからね、と顔を赤らめながら惚気《のろけ》られもして、それがなんだかかわいくて、私は思わず笑顔になった。

午前の講義を終えた後、今日は風が気持ちいいからと、外でお昼ご飯を食べようという話になった。大学敷地内には広い芝生の広場があって、机と椅子のセットがいくつか並んでいる。学校の中に公園みたいなエリアがあることも、私が大学に来て驚いたことの一つだ。

私たちは空いていたテーブルに座り、昼食の時間にした。春の陽光は優しくて、風は心地よく肌を撫でていく。購買で買ったパンを少しずつ食べていると、七海が何かを思い出したように「あっ」と言った。

「そうだ、桜、今日って前に言ってた、とっても大事な日じゃなかったっけ？」

「う、うん。だから午後のゼミはお休みするよ」

「そっか……緊張、してる？」

「うん、かなりしてる。実は今もドキドキしてる」

「そっかぁ。これから、うまくいくといいね。私ね、人生って波みたいなものだって思ってて」

「波？」

「うん。良いことと、嫌なこと。嬉しい時間と、悲しい時間。不幸と、幸福。どれもずっとは続かなくて、波みたいに行ったり来たり、浮かんだり沈んだりすると思うんだ。だから、今が苦しくても、この苦しさは永遠じゃないって思えば乗り切れることもあるし、同じように今が幸せでも、それはずっとは続かないかもしれないから、今の時間を大切にしようって思える」

「……なるほど」

苦しさから逃げて、永遠に繰り返す一日の中に終わらない幸せを見出《みいだ》そうとした私には、耳の痛い話だ。

「だから、桜が今寂しくても、状況は変わっていくものだし、もしうまくいかなくなったら、いつでも私たちを頼っていいからね」

「うん……ありがとう、七海」

この人たちと友達になれて、本当によかったと、私は思う。

食事を終えた後二人と別れて、私は大学の敷地を出た。少し歩くと地下鉄の駅があり、そこから電車を二本乗り継いで、地元の駅へ向かう。近付くにつれ、胸の鼓動が速くなっていくような気がした。


時間に余裕があったので、目的地に行く前に、駅前で花を買って墓地に向かった。広くない敷地な上に平日だからか人はおらず、ガランとした静かな墓地に春の透き通った風が吹き抜けていく。

青峰家之墓、と彫られた墓石の前にしゃがんで、さっき買ったキンセンカを花立に挿す。花言葉は確か、「別れの悲しみ、悲嘆、寂しさ」。後ろ向きな言葉を持つこの花がどうして仏花におすすめされるのだろうと不思議に思ったけれど、この花には綺麗な言葉も与えられていることを思い出した。「初恋、変わらぬ愛」。

手を合わせて、挨拶と近況の報告をした。私がきちんと前を向いて生きていることを、この人はきっと喜んでくれると思うから。

今から一年と四ヶ月ほど前、私たちの乗った夜行バスが、高速道路上でスリップして横転、その後漏れ出た燃料に引火して炎上する事故が起きた。直前に降った雪と気温の低さで道路が凍結したことが原因らしく、路面凍結への対応が甘かったバスの運行会社は世間からバッシングされた。

乗客が多くなかったことから、事故の凄惨さに対して報じられる死傷者の数は少なく、後日見たニュースでそのことを「不幸中の幸い、と言えますかねぇ」と、神妙な顔をした大人がコメントしていた。当事者である私には、その一や二の数字がとても大きな意味を持つのに、無関係な人にとってはただの小さな数に過ぎないんだな、と苦い感情を持ったのを覚えている。

十二月十四日を何度も繰り返した、あの不思議な日々を思い出す。自分で自分を閉じ込めた終わらないループは、牢獄《ろうごく》のようでもあったし、束《つか》の間《ま》の天国のようでもあった。

そこで感じたこと、経験したこと、喜びや、痛み。どれも鮮明に思い出せるし、今でもふと思い出して泣き出しそうになることもある。

でも私が泣いていたら、ここで眠っている人に心配させてしまう。だから私は目元を拭って立ち上がり、微笑んで言う。

「じゃあ、行ってきます」

墓地から十分ほど歩くと、図書館が見える。その横を通って、階段を下りると、池のある公園に辿り着く。

あの事故の後、この公園には来ていなかった。だから久しぶりだ。いつも待ち合わせ場所にしていた池の見えるベンチに座ると、目の前に広がる景色が、あのループの中で毎日のように見ていたものとは全然違っているように思えた。でもそれは当然だ。時間が経っているし、あの時とは季節も違う。

それに、私のいる世界はもう、明日を恐れて終わらない足踏みを続けることはやめて、未来に向かって進み続けているのだから。

横に置いたバッグの口を開け、中に入れていた物を丁寧に取り出す。木製の、簡素なデザインだけれど、手のひらに乗るかわいいサイズの、私にとっては宝物の、オルゴールボックスだ。

ネジを巻いてそっと蓋を開けると、ポロン、ポロン、と軽やかな音が零れる。それは流れるように連なって、手を取り合うように重なって、柔らかな旋律を作っていく。

祈ればいつか夢は叶うなんて、そんなデタラメで、無責任で、けれどどこまでも温かくて優しく、世界に隠されている奇跡をそっと教えてくれるようなメロディ。

星に願いを。

目を瞑《つぶ》ると、この曲に紐づいた沢山の記憶が鮮明に蘇る。それは温かな想い出だけではなく、思わず顔をしかめてしまうようなつらく苦しい記憶もたくさんある。でも今は、そのどれもが過去になっている。

「私は、なんとかやってるよ」と、オルゴールに向けて、独り言のように呟く。

時は流れる。それは残酷なことでもあるけれど、この星の優しい真理の一つでもあると思う。

大切な人との別れもある。耐え難《がた》い苦しみもある。でも傷も涙も悲しみも、時は全てを平等に押し流していく。そして季節は巡り、新しい出会いもあり、傷はいつか癒えて、新しい景色を、私たちに見せてくれる。

時が流れる限り、私が生きる限り、何度でも。

「あなたの願いの通り、がんばって生きて、幸せになるよ」

このオルゴールをくれた、今でも大切で仕方ないその人の名前を、私はそっと口にしてみる。

「雪くん」

春の優しい風が吹く。その風に乗ってどこからか、季節外れの雪の結晶がひらひらと舞ってやってきた。その雪片は陽光を受けて煌めきながら、池の周りを彩る桜の花に、そっと寄り添うように重なった。

悲しい願いが生み出したこの無限ループを終わらせて、明日に向かうことを、僕たちは決めた。

そこに僕はいられなくても、桜が幸せに未来を生きていくことが、僕の一番の願いだから。

❄ ❄ ❄

彼女の涙が落ち着くまで、長い時間が必要だった。その間ずっと僕たちはベンチに座って、手を繋いでいた。すり抜けてしまうとしても重ね合って、誰よりも近くに寄り添っていた。

太陽が真上を通り過ぎて、僕たちの影を少しずつ長くしていく頃、桜はバッグからオルゴールを取り出して、そっと蓋を開けた。聴き慣れたメロディが僕たちを包む。

少し前の僕は、桜にとって「大切な人」がくれたというそのオルゴールと、彼女がそれを大事そうに眺めることに、心をかき乱されていた。でも今の僕は分かる。

「二度目のループで僕が桜の記憶を失ったあと、君がそのオルゴールを大切にしているのを見るたびに、僕は嫉妬してたんだよ」

「そういえば、言ってたね。その大切な人を自分に重ねてるんじゃないかって」

「ああ、そうやって改めて言われると恥ずかしいな……」

「雪くんは、自分に嫉妬してたんだね」

「今思うと笑い話だなあ」

桜がくすくすと笑った。

「私もね、雪くんが私を忘れた後、私を苗字で呼ぶこととか、私があげた腕時計を着けてないのが、結構、つらかったんだ。ああ、本当に全部忘れちゃってるんだな、って。自分で願ったことなのにね」

「あ……そうか」

僕は自分の左手首を見た。銀のベゼルに、黒の文字盤。これは、母からもらった古い時計だ。

桜がくれた腕時計は、学習机の鍵がかかる引き出しに毎日大切にしまっていた。だから、桜のことを忘れた僕は、その腕時計の存在も忘れ、机の上に無造作に放り投げてあった古い腕時計を着けていた。

もらったことがあんなに嬉しくて、あんなに大切だったのに、こんなにも忘れてしまうなんて。願いを叶えるという星の力を、僕は少し恐ろしくも感じた。

「あれ……？」

桜の願いによって隠されていた記憶が戻り、二度のループの経験のほぼ全てを思い出した僕の中に、何か強烈な違和感が生まれる。それは霞《かすみ》のように形を持たず、摑もうとすると逃げていく。でもとても重要な、未来を大きく変化させるほどの大事な鍵のように思える。

「どうしたの、雪くん」

僕はじっと腕時計の文字盤を見つめた。秒針は律儀に時を刻み続けている。ここには、何かとても大きな意味がある。

隠されて、取り戻した、まだ混濁する記憶を、自分の中で整理する。

今年の誕生日、三月十四日、僕は桜から腕時計をもらった。僕がいつも使っている腕時計が、古くなって少しずつ遅れるようになっていたからだと、彼女は言っていた。

一度目のループの中で、僕は腕時計を見つめながら、巻き戻りの瞬間を観測したことがある。短針、長針、秒針、その全てが真上でぴったりと揃う瞬間、つまり二十四時ちょうどになると、僕は自分の部屋の布団に戻っていた。その時は、桜がくれた腕時計を着けていた。

そして二度目のループで色々なことを忘れた僕は、同じように巻き戻りの瞬間を計測したことがある。やはりその時も、三つの針が真上で重なる瞬間に巻き戻りが発生した。でも……その時は、母からもらったこの腕時計を着けていた。

「……桜」

「うん」

「今から、僕のアパートに行こう」

「え？」

不思議そうに首を傾げる桜を連れて、僕は急いで自分のアパートに戻った。ドアを開けると、まだパジャマ姿のままの母が眠そうな顔でテレビを見ていた。

「あれ、雪おかえり。早かったね。後ろの子はもしかしてカノジョ……って、え、桜！　なんで！」

「あ……ただいま」

おずおずとそう言った桜を見て、母はしばし呆然とした後、僕に訊く。

「桜に、教えたの？　あたしのこと」

「僕たちはもう色々知ってるよ」

「さ、桜。あの、あたし、あんたのこと……」

「知ってるよ、私のことも気にかけてくれてたの。……ありがとう、お母さん」

「えっ、あ、あたしのこと、お母さんって？　そう、言ってくれるの？　こんな、最低な、あたしのこと……」

大粒の涙を零し始めた母を置いて、僕は自分の部屋に向かった。学習机の裏に隠してある鍵を取って、引き出しの一番上の鍵穴に差し込み、回す。

母からもらった腕時計は、一日六秒くらいずつ遅れるから、僕は毎日の習慣のように時刻合わせをしていた。けれど桜から新しい腕時計をもらってからは、机の上に置いたまま触ることもなくなっていた。

あの誕生日から、今日の十二月十四日まで、ちょうど九か月。その間、毎日ずっと六秒ずつ遅れ続けていたのなら……。

引き出しの取っ手を摑み、ゆっくりと開けていく。心臓の鼓動が音を立てて速くなっていく。

次第にそれが姿を現す。黒いレザー風のバンドに、銀のベゼル、シンプルな白の文字盤に黒い数字が並んで、秒針が優しく丁寧に時を刻んでいる。右手でそっとそれを持ち上げ、左手首の腕時計に近付けた。

「……やっぱり」

僕が左手に着けている腕時計は、午後の三時ちょうどを指し示している。

そして右手に持った、桜がくれた腕時計の針は、三時三十分を指していた。

一日六秒ずつの遅れが、九か月の間積もり積もって、三十分の誤差を生み出した。

それが意味することは……

「う、ぐ……」

突然の激しい頭痛と眩暈で視界が揺らいだ。全身から冷汗が噴き出し、息ができなくなっていく。

割れそうに痛む頭の中に、霞《かす》んで見えなかった最期の記憶が浮かび上がってくる。

一度目のループを抜けた後、僕が二度目のループに入るきっかけになった願いを、流れ星に祈った時の、記憶。

❄ ❄

腹部を鉄の棒に貫かれた痛みと出血で気絶していた僕は、小さな音楽に導かれるように、ゆっくりと意識を取り戻していった。

星に願いを。桜のオルゴールが奏でる優しいメロディ。

目を開けると、横転したバスの壊れた窓は今も空を向いていて、その先の流星群を切り取っている。自分はまだ生きていたのか、と僕は思う。体は冷え切っていてほとんど感覚がなく、動かそうとしても言うことを聞いてくれない。だから視線だけ動かして桜を探した。

彼女は今も僕の右横で仰向けになっていて、蓋を開けた状態のオルゴールボックスを大事そうに胸元で抱えていた。

桜。そう名前を呼ぼうとしても、声が出なかった。

視線を巡らせると、バスの運転席の近くに設置されているデジタル時計の赤い光が目に入った。その数字は「00：20」となっていて、自分が二十分だけ気絶していたことを知る。

僕の聴覚はオルゴールの音楽を捉えているけれど、この空間にそれとは別の音が混じっていることに気付いた。低い地鳴りのような音と、パチパチと何かが弾けるような音。さらに僕の嗅覚は、焦げ臭い臭いを感じ取った。

まさか、これは。バスが燃えているのか。

以前ニュースで見た、事故で横転したバスの無残に焼け焦げた姿を思い出した。ここにいてはいけない。

桜。桜。

名前を呼んでも、掠れた息が喉を通っていくだけ。声量を上げようとすると腹部が裂けるような痛みが走る。それでも。

「さ、くら」

「えっ、雪くん、生きてたの……？」

「にげ、て」

火災の時の死因の多くは、一酸化炭素中毒だという。きっと桜は軽傷のはずだ。致命的な状況である僕よりも、動けるはずだ。それなら、桜だけでも、逃げてほしい。

「……いやだよ」

どうして、と言いたいのに声にならない。

「私はここで、雪くんと一緒に死ぬよ」

静かな声だった。

なぜそんなことを言うんだ。僕は、君に、生きていてほしいのに。

「あなたのいない明日なんていらない」

僕らはループの果てに、共に生きることを選んだ。それは、進む未来がここではなく、ループの最後に二人で星空を眺めたあの夜の続きだと思っていたからだ。でも僕たちはここに戻された。過去も、未来も、変えることはできない。突き付けられた冷酷な現実が、桜の心を砕いたのかもしれない。

彼女の左手が動き、僕の右手を握った。ほとんど感覚がなくなっているこの体でも、握られた手の温かさだけは、はっきりと感じる。

空気の匂いがきつくなったような気がした。さっきよりも息苦しい。頭が締め付けられるように痛み、意識が再度朦朧《もうろう》としてくる。

「最期が、あなたと一緒なら、私、幸せ、だ、よ」

消え入りそうな桜の声が聞こえた。

死ぬ時は共に。そう願った双子の星の物語を思い出す。その話を聞いた時、そう思える相手がいることは幸せだと、桜は言っていた。それなら、僕らは今、幸せなのだろうか。

右手の温もりだけを感じながら、僕は再び目を閉じた。

次に気付いた時、流れる風を感じた。ここは、外か。

不思議と体の痛みはなくなっている。瞼を開けると、仰向けになっている僕の視線の先には遮るもののない満天の夜が広がっていて、そこに幾筋もの光の線が走っては消えていく。綺麗だ、と僕は純粋に思う。

僕は立ち上がった。体が嘘のように軽い。辺りでは救急隊員が忙《せわ》しなく駆け回っていて、パトランプの赤い光が回転して緊急事態を知らしめている。

「あの、すみません」と声をかけるも、立ち止まってくれる人はいなかった。

桜はどこにいるだろう。僕は視線を巡らせる。しかしそれはすぐに見つかった。

僕が立っている場所のすぐ近くで、担架に乗せられた桜が仰向けに横たわったまま、地面に安置されていた。呼吸をしている様子はなく、白くなった美しい頬を、非常回転灯の赤い光が時折照らしている。

そしてその右隣、僕の足元にはもう一つ担架があり、その上で男性が一人横たわっていた。それが自分の体だとすぐに気付けなかったのは、自分をこんな風に俯瞰《ふかん》する機会なんて、これまでまったくなかったからだ。

僕は自分の置かれている状況を冷静に把握した。高濃度の一酸化炭素は数分で致命的になる。僕も桜も、あのバスの中で死んだんだ。涙は一つしか流れなかった。

心は静かだった。桜が最期に、幸せだと言ってくれたから。それなら、僕も幸せだ。

左手首に着けている、桜がくれた腕時計を見ると、深夜の0時三十分。

僕はゆっくりと一つ息を吐き出して、星の降りしきる夜空を見上げた。

今日は本当に、色んなことがあった。とてもとても、長い一日だった。

僕の人生は終わった。走馬灯は流れないけれど、桜と過ごした幸せな日々はいくつも思い出せる。

楽しいことも、苦しいことも、沢山あった。

できることなら、つらいことだけを全部忘れて、桜と一緒にまた今日からやり直せたらいいのに。

もし、それが叶うのなら、もっと。

こんな終わり方よりも、もっと、ずっと。

桜を、幸せにしてあげたい。

❄　❄　❄

激しい頭痛も、息ができない苦しさも、どこかに消えていった。

僕は呼吸を整えつつ辺りを見回す。ここはアパートの、僕の部屋だ。居間では母と桜が抱きしめ合って泣きながら何かを話しているのが見えた。

自分が死ぬ瞬間の記憶を追体験するというのは、気持ちのいいものではなかった。

僕は死んでから、今日のやり直しを星に願ったんだ。だから、生きても死んでもいない中途半端な状態でここにいるのだろう。

やはり、僕には、ループを抜けた先の明日はない。

悲しくはない。知っていたことだ。

でも、もしかしたら、あいつなら――


桜と母の会話が落ち着くのを待ってから、僕も居間に移動した。

「ね、ね、もう一回お母さんって言ってくれない?」と詰め寄る母に、

「お母さん」と、恥ずかしそうに桜は言った。

「はあい、お母さんですよー」

涙を浮かべた満面の笑みでそういう母を見て、少し胸が痛んだ。桜も同じなのか、また泣き出しそうな顔で僕を見る。

放っておくといつまでも続けそうな母に、僕は言う。

「母さん、大事な話がある」

「なによう、今いいところなのに」と母は年甲斐《としがい》もなく頬を膨らませた。

「これまで誤解していてごめん。母さんが、ちゃんと僕を見て、愛してくれてるって、

全然知らなかったし、勝手に決めつけて知ろうともしてなかった」

母は驚いた表情の後で、少女のように顔を赤らめていく。

「な、なに言ってんのよ突然。やあねえ、今生《こんじょう》の別れみたいに」

今生の別れなんだよ、とは言わないでおく。

「仮初の世界だとしても、しっかり話して、誤解を解いて、ちゃんと向き合えて、本当によかった。ここまで僕を育ててくれて、ありがとう」

「ちょ、ちょっと、やめてよ恥ずかしい」

「まあ実際は、小学生以降ははほとんど僕一人で育ったようなもんだけどね」

「悪かったわねえ！　子供との関わり方なんて全く知らなかったんだもん」

桜も続けた。

「わ、私も、短い時間だけど、お母さんに会えて、よかったよ。ちゃんと私を抱きしめてくれる親がいるって知れて、とっても嬉しい」

「これからうちに住んで、ずっと一緒にいればいいのよ。毎日だって抱きしめてあげるから。……まだ赤ちゃんだった桜を置いていったこと、本当にごめんね。昔のあたし、どうしようもなくバカでクズだったから」

桜はまた涙を流し、微笑んで首を横に振った。

「桜、そろそろ行こうか」

「うん、ここにいると決意が揺らいじゃいそう」

「あら、二人で何か用があるの？　夜には帰ってくる？　あたし仕事休むから皆で夕ご飯食べよ？」

「いや、帰りはとても遅くなるんだ。だから母さんは仕事に行っててよ。明日から毎日会えるんだから」

「ええー、まあ、それもそうかぁ……。じゃあ気を付けてね。桜、ちゃんとここに帰ってくるんだよ？」

桜は目に涙を溜め、精いっぱいの笑顔を作って、うなずいた。

きっと、精いっぱいの、優しい嘘だ。

僕たちはまた、池の公園に戻った。これから話すことは、何も知らない母の前ではとても話せないことだった。

「雪くん、さっきどうしてアパートに戻ったの？　お母さんと挨拶するため？」

「いや、それもあったけど、これを取りに行ったんだ」

僕は右手に持った腕時計を彼女に見せた。

「あ、私がプレゼントしたやつだ」

「そう。僕は二回目のループで君のことを忘れて、今も左手に着けている古い方の腕時計をしていた。この時計は毎日少しずつ遅れるから、それまでいつも時刻合わせをして直していたんだ」

「うん、それが大変そうだったから、新しいのをあげたんだよ」

「桜が僕に新しい腕時計をくれてから今日まで、この古い腕時計は少しずつ遅れていった。その結果、十二月十四日時点で三十分も遅れた時計になっていた。そして僕は、君の記憶を失った二回目のループの中で、この時計を見ながら、自分が巻き戻るのは二十四時ちょうどだと観測していたんだ」

僕の言葉を聞いて、桜は小さく首を傾げた。

「えっと、つまり……？」

「三十分遅れている時計で二十四時ということは、その時本当の時間は0時三十分だ。ここにいる僕のループは、十二月十五日の0時三十分から始まっていたんだ。桜は、一回目のループを抜けた先で、すぐにやり直しを願ったと言っていたよね。つまり、今の僕と桜は、スタートが三十分ずれた存在なんだよ」

「うーん。うまくイメージできないけど、それが、どうしたの？」

「僕はさっき自分の部屋で、最期の記憶を思い出した。自分の意識が肉体を離れて、自分の体を見下ろしていた。僕はまだ意識があって、君と短い会話もした。僕はあのバスで、鉄の棒に腹部を貫かれて死んだんじゃなくて、火災による一酸化炭素中毒で死んだんだ。でも0時二十分時点では、僕はまだ意識があって、君とで、今日をやり直せたらと星に願って、二回目のループが始まった。だから、きっと、僕はこのループの世界で、生物に触れず、生きても死んでもいない、中途半端な状態になった」

桜は悲しそうな顔をしてうつむいた。

「でも、一回目のループでは、僕は生きていた。桜も覚えているだろ？　僕たちは手を繋いでいた。すり抜けなかった」

「う、うん」

「君がループを抜ける先の、午前0時時点では、僕はまだ生きている」

「え……」

「だから――」

あなたのいない明日なんていらない。僕の最期の記憶の中で桜が言った言葉が、頭の中でリフレインする。一緒に死ねるなら幸せだとも、彼女は言っていた。

でも、明日に進むことを決めた今の桜なら。

ゆっくりと息を吸い、僕は彼女の目を真っ直ぐに見て、言う。

「だから、もし、君が生きることを選んでくれるなら。そこに、僕もいていいのなら。どうか、動けない僕を連れて、バスが燃える前に、逃げてほしいんだ」

「で、でも、それだと、今の雪くんはどうなるの？」

「……僕のことは、いいんだ。僕がいたのは、君がいる三十分後の世界。そこではもう、僕は死んでいるし、桜も——」

その先を、口にできなかった。でも桜は理解しただろう。

「僕の時間の君は、幸せだと言っていた。二人、手を繋いで、穏やかに眠るように目を閉じたんだ。だから僕のことは、いい。でもこの三十分の時間差で、僕にとっての過去を、君にとっての未来を、変えられるはずなんだ」

冬の太陽が沈むのは早く、茜色の夕空を、紫紺の夜が飲み込もうとその両腕を広げている。そこに、気の早い流星が燃えるように光って消えた。

このループが終われば、僕はあの事故現場に、霊体として戻るのだろう。そのことが、怖くないわけではない。でも、過去の僕が桜と生きる未来を歩めるのなら、僕の存在も、僕が繰り返してきたループの日々も、無駄ではなかったんだ。

僕は、僕がどうやっても辿り着けないその未来に、想いを馳せる。生きることは怖く、苦しい。三十分前の僕が、あのバスから何とか生還できたとしても、生きていればつらいことはきっと沢山ある。深い傷を負い、父殺しの罪は消えず、母ももういない。あの時死んでいた方がよかったと思うこともあるかもしれない。それでも、桜と共に未来を生きられることを、今の僕は狂おしいほどに羨ましく感じるんだ。生きていればいつか傷は癒える。罪は償える。死んでしまっては得られない幸福も、きっと沢山ある。

光の中を桜と歩む未来を想い、僕はそこにいる自分に、心の中でそっとエールを送った。

やがて夜は優しく世界を包み込んで、いくつもの星を空に散りばめていった。

僕たちはまた芝生の丘に寝そべり、遥か彼方で降りしきる流星の雨を眺めた。桜は僕の右隣にいて、すり抜けてしまっていても、僕の右手と彼女の左手を重ね合わせていた。

この場所で二人で流れ星を観るのは、これで三回目かな。

一回目は高校一年の時、桜に誘われてここに来た。彼女は僕を、オレンジの片方だと言ってくれて、心に溢れる感情をどんな言葉でも表すことができないと思った僕は、キスでそれに答えた。人生の意味がようやく分かった気がした。

二回目は、一度目のループを終わらせることを決めた日。僕たちが恋人でいることをやめ、双子の兄妹として生きていくことを決めた時だ。その日も桜は、声をあげて泣いていた。

そして三回目が、今だ。僕が明日を生きられないとしても、桜には未来を歩んでいってほしいと僕が願い、彼女はそれを泣きながら受け入れてくれた。桜を幸せにしたいのに、泣かせてしまってばかりだ。

本当は一回目の流星観測からまだ一年しか経っていないというのに、随分遠い過去のように感じる。一定のようでいて、こうして僕ら二人だけをループさせてきた時の流れというものを不思議に思う。

それとも僕が知らないだけで、こんな不思議な現象は他の人にも起きているのかもしれない。そんな風に考えると、人の願いを叶えようとしてくれる人知の及ばない存在が、この世界のどこかに、もしかしたら本当にいるのかもしれない、なんて思う。

でもその存在は万能でも全知全能でもなくて、だから人の世には今も悲劇が溢れていて、それでも人の切実な願いを聞き届けようとしてくれるのなら、それはきっと、力は弱くても、とても優しい存在なんじゃないだろうか。

「雪くん」

桜に名前を呼ばれ、飛躍し過ぎていた空想を中断する。

「さよならは、言わないよ」

「うん」

「私たちは、一緒に生きるんだもんね」

「そうだよ」

僕は左腕を上げ、手首に巻いた腕時計を見た。芝生に移動する前に桜がくれた時計に着け替えていて、つまり遅れていないその針は、もうすぐ真上で重なろうとしている。

「さよならは言わない。その代わりに――」

桜が体を起こして、僕の体の上に胸を重ねた。コート越しに彼女の命の重みを感じる。桜はまた泣いていた。彼女の瞼から零れた涙が、僕の頬に落ちる。

桜は横髪を耳にかけ、僕に顔を近付ける。そして、すり抜けて重ならなくても、透明な、キスをした。

「私を、好きでいてくれて、ありがとう」

その言葉と、優しい笑顔を残して、音もなく、桜は消えた。

彼女は今、あの横転したバスの中に戻ったのだろう。

僕はこれから三十分、ここで一人で過ごさなくてはならない。そして三十分が経った後、あの事故現場に戻るんだ。体を失った、行き場のない、亡霊として。

でも、桜が最後にくれた言葉が胸を温めてくれている。

もう冷たい風は吹いていない。

吹いていない。

――はず、なのに。

僕の意思に反して唇が震え、歯を食いしばっていても涙が溢れた。

君が進む明日。君が生きる未来。その傍《そば》に僕がいるとしても、それは僕じゃない。

本当の独りになった今、その事実はやはり、耐え難い孤独で心を苛んでいく。彼女が最後にくれた言葉。この胸に残した温度。それが温かければ温かいほど、僕の未来に待つ冷たさが鋭い爪のように心に食い込む。

「桜……」

大切だった。大好きだった。一緒に幸せになりたかった。

僕は大きく息を吸い込み、溢れる感情の全てを乗せて、獣の遠吠《とおぼ》えのように泣き叫んだ。

夜の空は沢山の星々を抱えたまま、僕の声を静かに吸い込んでいく。

声が嗄れるまで叫ぶと、心は少しずつ落ち着いていった。

視界を滲ませる涙を拭う。クリアになった視線の先には今も、いくつもの流星が夜空を彩っている。

僕はその幾千の星に願う。強く、強く、願う。

彼女の進む未来が、光に溢れ、温かく、幸福なものでありますように。

どうか。どうか。どうか。

❋　❋　❋　❋

横転したバスの中で目を開けると、私はすぐに自分の状態を確認した。

壊れたシートに足が挟まれているけれど、よく見ると、潰れたシートから飛び出したフレームにスカートの布が引っかかっているだけで、これを外せば足を動かせそうだった。

私は辺りに視線を巡らせる。雪くんは左隣で倒れたまま動かない。心臓が冷たい手で強く握られるような気持ちになる。大丈夫。大丈夫。気を失っているだけで、彼は生きているはずなんだ。

バスの中のデジタル時計が赤い光で時刻を表示していて、その数字は「00：01」となっている。0時一分。このバスが引火してしまう前に、急がないと。

スカートを強く引っ張るとビリビリと布が裂ける音がして、足を動かせるようになった。体は、大丈夫だ。所々痛むけれど、折れたりはしていない。私はなんとかシートの隙間から這い出した。

すぐに雪くんのそばにしゃがんで、彼の腕を自分の肩にかけて立ち上がらせようとする。でも、体が震えて力が入らず、うまくいかない。小さく非力な自分の体を恨んだ。

ループが終わる前、あの公園のベンチで、雪くんは言っていた。

「刺さっている棒を抜くとまた血が出てしまうから、体を動かせそうなら抜かない方がいい。腹部の傷は、出血が多量でさえなければ即死にはならないはずなんだ。けれど、一酸化炭素は空気中の濃度がたった一パーセントになるだけで、人は数分で死んでしまうらしい」

怖い。恐怖が体を這い上がる。どうして世界はこんなにも残酷にできているの。

でも、私が彼を助けないと。

一緒に、生きるために。

雪くんの体に突き立っている鉄の棒は、お腹から二十センチほどの長さだ。もしこれが、バスの壁面まで貫通していて動かせないなら、彼の体を二十センチ以上持ち上げて棒から離してからでなくては外に連れ出せない。非力な私にはとても無理だし、もしできたとしてもそんなことをしたら止まっている血が噴き出して、さらにひどくなってしまう。

「ごめんね、雪くん」

私はその細く冷たい鉄の棒に、そっと触れてみた。棒は少し動いたから、固定されているわけではなさそうだ。ひとまず安堵する。

彼の頭の上に移動して、両脇に手を入れて引っ張ると、彼の体がすこし動いた。このまま引っ張っていけば、外に出られるはず。でも、どこから……

私はまた辺りを見回した。薄暗い車内で、道路照明灯の光が後部窓から薄く射しているのが見える。その窓ガラスには大きな亀裂が入っていて、強い力で叩けば割れそうに思えた。

その方向に向けて、雪くんの体を少しずつ引っ張っていく。

「生きてよ、雪くん……」

彼の体が動いた跡に、血が赤黒い線を引いていく。

「私に、生きる未来を、選ばせたんだから、」

息が切れる。腕が痛い。不安で胸が潰れそう。

「あなただって、生きてよ」

それでも、あなたと生きる明日に、私は向かう。

「私と、生きてよ！　雪くん！」

＊　＊　＊　＊

オルゴールの音がスピードを落とし、やがてそれは止まった。

春の風が池の水面に柔らかな波を作り、ベンチに座る私の髪を揺らしていく。

スマホの通知音が鳴って画面を見ると、七海がスタンプでメッセージをくれていた。のんびりと寝転がるパンダのイラストの上に、ポップな書体で「なるようになるさ！」と書いてある。

なるようになる。ずっと胸元を縛っていた緊張の糸が、はらりと解けていくような気がする。私も感謝を示すスタンプを送った。

二年前の冬、私たちが、終わらない十二月十四日に囚われていた日。

あの横転したバスから何とか脱出した後、雪くんはすぐに救急車で運ばれ緊急手術を受けた。幸い彼は一命を取り留めたけれど、回復後、今度は父親殺害の罪で身柄を拘束された。

そして今日、ようやく、私たちは――

「桜」

優しく懐かしい声で名前を呼ばれ、私の心臓は高く跳ねる。

振り返ると、髪が伸び少し大人びたように見える雪くんが、優しく微笑んで立っていた。

泣いてしまいそうになるのをぐっと堪えて、私も微笑みを返す。

「おかえり」

私たちは、二つに切り離されたオレンジ。

でも双子である私たちは、一つだった頃に戻ることは、もうできない。

未来に進むことが怖くて、足を止めたこともあった。

けれど不安に苛まれながらも、いつだって手探りで、明日に進むしかないんだ。

勇気を持って踏み出して、辿り着いた今日、私たちはまた、しっかりと手を繋ぐ。

そして、あなたが繋いでくれたこの未来を、生きていく。

あとがき

こころ、というものが、好きなんです。

夏目漱石《なつめそうせき》の同名の小説も好きなんですが、我々生物が持つ感情のこと。

眼《め》には見えないけれど、誰しもの胸の中に確かにそれはあって、時に熱く、時に苦しく、僕たちを温め、落ち込ませ、突き動かす。

自分のものであるはずなのに言うことを聞かず、勝手に暴れたり浮かれたりする。心が自分という存在を生み出しているのか、自分という存在が心に引っ張り回されているのか、たまに分からなくなります。

他者にとってはどうでもいいと笑い飛ばせるようなことが——例えば誰かの些細《ささい》な言葉だったり、大切な人が見せるふとした瞬間の笑顔だったり、涙だったり、そういう想い出が——ある人にとっては一生抱え続ける呪いだったり、あるいは何よりも大切な宝物だったりする。

複雑で厄介で、切り離したくてもできない、こころ。

それがあるから人の世から苦しみはなくならず、悲劇は今日も絶えない。けれど、それがあるから、優しさも、愛情も、物語も生まれる。

僕も、他者や自分自身のこころに、随分悩み、苦しめられました。雨に打たれて泣きながら、生きる意味を見失っていた時もあります。でも、その過去があったから、僕にもこころがあったから、こうして物語を書けているし、今これを読んでくれているあなたにも出逢《であ》うことができました。ここに至るための道程だと思えば、消してしまいたい過去も肯定できるような気さえします。

言うことを聞かなくて、でも誰よりも近く、苦しくて悲しくて、温かくて嬉しい。そんな「こころ」が、僕は少し嫌いで、そしてそれ以上に、愛しく思います。

今作の主人公たちは、いくつもの悲劇と絶望の中で未来に進むことを怖《おそ》れ、生と死の狭間《はざま》で揺れ惑い、終わらない今日を生み出しました。

先の見えない未来は怖く、不安は足を摑みます。けれど時は流れ続ける。立ち止まってばかりはいられません。怖くても、苦しくても、一歩踏み出した明日は、もしかしたら今日よりも素敵な未来への入り口かもしれません。

ところで今作にも、僕の別の本の主人公たちを三人登場させています。三人とも気付いた方は、いつも読んでいただいて本当にありがとうございます。

それではまた、別のあとがきであなたと会えることを、今夜の星に願っています。

<初出>
本書は書き下ろしです。

この物語はフィクションです。実在の人物・団体等とは一切関係ありません。

メディアワークス文庫

あの日《ひ》見《み》た流星《りゅうせい》、君《きみ》と死《し》ぬための願《ねが》い

青海野《あおみの》 灰《はい》

2023年10月25日　初版発行

発行者　山下直久
発行　株式会社KADOKAWA
〒102－8177　東京都千代田区富士見2－13－3
0570-002-301（ナビダイヤル）
装丁者　渡辺宏一（有限会社ニイナナニイゴオ）
印刷　株式会社暁印刷
製本　株式会社暁印刷

●お問い合わせ
https://www.kadokawa.co.jp/（「お問い合わせ」へお進みください）
※内容によっては、お答えできない場合があります。
※サポートは日本国内のみとさせていただきます。
※Japanese text only

※定価はカバーに表示してあります。

Printed in Japan
ISBN978-4-04-915233-3 C0193
JASRAC 出 2307348-301

メディアワークス文庫　https://mwbunko.com/

本書に対するご意見、ご感想をお寄せください。

あて先
〒102-8177　東京都千代田区富士見2-13-3
メディアワークス文庫編集部
「青海野 灰先生」係

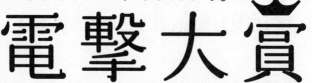